村尾沙紀
Saki Murao

轉學後班上的清純可愛美少女，竟是小時候玩在一起的哥兒們

Hibariyu
雲雀湯

illustration
シソ

6

Kadokawa Fantastic Novels

序章

所謂的人際關係，終究只是算計與欺瞞。

國三發生的某件事讓一輝出現了這種想法。

他擁有天生立體的五官、能夠讀取他人內心細節的洞察力，以及被姊姊訓練出來的溝通能力，可以用周全妥貼的態度應對周遭每一個人。

因此他自幼以來，人們都會自然而然聚在他身邊。

一輝自己很喜歡這樣的環境。因為只要讓對方開心，大家就會回以笑容。在笑容的圍繞下，自己也能展露歡顏。

這是好事一樁，於是一輝抱持著多做好事的想法，在各方面積極參與。

參選沒人想當的班級幹部，幫有急事的同學打掃，也會參加本該是志願性質卻非得從校內選出幾個同學參與的社區清掃活動。

如此一來，每個人都會面帶欣喜的笑容和他道謝。

像這樣讓笑容渲染開來，世界就會越來越好——他對這種孩子氣的想法深信不疑。

——其實我喜歡某個大我一歲的學姊。

因此有個國中朋友跟他坦承這件事後，他也竭盡所能幫忙。

為了撮合膽小的朋友和學姊，一輝會拉著他找學姊搭話，一起吃午餐，偶爾還會邀學姊放學後一起玩，加深雙方的交流。

學姊起初不太友善的態度日漸軟化，再加上她的個性相當直爽，所以不論結果如何，應該都會理解朋友的心意。若這段感情開花結果，一輝希望他們倆能露出笑容。

但在秋意漸濃的某一天。

『你一直在背後嘲笑我嗎……！』

朋友用埋怨的眼神瞪著一輝。

『海童，你太爛了吧，居然想橫刀奪愛……』

『那小子對誰都笑咪咪的嘛。』

『也不能因為這樣就玩弄人心啊～』

『除了高倉學姊，還有其他人——』

『沒那回事，不對，我……！』

不只他，其他朋友也將一輝團團圍住，拋出侮蔑的視線和言詞。

這是一輝有生以來第一次感受到明確的惡意。他狼狽不堪，也無法為自己好好辯解。

除了他們，連平常會友善地問候的其他同學也只是偷偷用狐疑的視線看著他議論紛紛。

那一天，一輝身處的世界瞬間天翻地覆。

往後的每一天都像被關在甩不開的爛泥般的黑暗中。

對情況一無所知的那些人也都看著周遭的氣氛，不敢接近他。所有男學生都避著一輝，但還是有女學生來向他示好，情況相當怪異。

到了這個地步，就算再怎麼不情願，一輝也注意到了。

沒什麼，打算做好事的自己結果只是個「方便的人」罷了。

每個人的和藹笑容背後都暗藏算計，只為了滿足自己的欲望而利用一輝。

說穿了，這只是一場自我感覺良好的獨腳戲，人與人之間的關係薄如蟬翼。打從一開始，一輝就是一個人。

未免太可笑了吧。

一輝對自己的膚淺感到心累。

他環顧四周。

坐在長椅上談笑風生的小團體、被男生搭話後有些困惑地紅著臉卻也覺得感覺不壞的女孩子，以及被學生拜託後不禁揚起嘴角的嚴肅老師，這些人也都在暗自算計吧。

……人際關係就是這麼一回事。

否則就無法解釋世人為何會將友情或羈絆這種幻想寫成美好故事極力吹捧了。

所以他要記取這次失敗的教訓，「好好度過」高中生活。

沒錯，他已經下定決心——本該如此。

第1話 春希應該沒問題吧

秋意漸濃，夜晚變得格外漫長。

清晨太陽露臉的速度也慢了許多，開始結露的初秋的曙光從遮光窗簾邊緣淡淡地透進室內。

咚、咚、咚——這陌生卻令人有些懷念的聲響傳進帶點涼意又昏暗的隼人房裡。

「…………嗯。」

這個聲音讓隼人的意識甦醒過來。他緩緩起身，頂著依舊睏倦的昏沉腦袋看向四周。書桌上的鬧鐘看來還得再一會才會響，隼人皺起眉頭。

最近這幾晚他老是失眠。

那要在鬧鐘響之前再貪睡一會嗎？還是索性起床呢？隼人還在猶豫時，「咚、咚、咚」的聲響又隔著房門傳了進來。

到底是什麼聲音？

疑惑的隼人頂著還沒完全睡醒的腦袋來到客廳，隨後睜大眼睛僵在原地。

「啊，隼人早啊～～」

「哥哥，早安～～」

「春希……還有沙紀？」

兒時玩伴和妹妹的朋友不知為何出現在廚房裡。

春希熟門熟路地拿出餐盤。

沙紀將水手服的長袖往上捲起一些，在砧板上分切醃菜。

室內瀰漫著溫和的高湯香氣。

一看就知道她們在做什麼，但隼人還是只能驚訝地眨眨眼。這時，他忽然留意到沙紀身上的圍裙。

「沙紀，這是……」

「啊，我把哥哥的借來穿了。呵呵，對我來說好像有點大耶。」

說完，沙紀當場轉了個身，露出靦腆的笑容。

雖說是沙紀本人送的禮物，看到自己平常穿的圍裙在她身上，隼人莫名有種心癢的感覺，所以他趕緊開口掩飾害羞。

「啊～～可是我最近都沒洗耶……」

「嗯……確實有點汗味。」

「對吧？」

「但感覺很像哥哥平常努力的味道，我很喜歡。」

「！」

沙紀說完便露出淘氣的笑容，還俏皮地吐出粉色舌尖。

沒想到會有這一招。

沙紀這種前所未見的表情讓隼人不禁怦然心動，臉頰也變燙了。他覺得該說點什麼，卻又找不到合適的話，情急之下，嘴裡只能發出「啊～～」或「咦～～」這種單音。

此時，被早餐香味吸引的姬子伴隨著「呼啊～～」的大呵欠聲和肚子餓的咕嚕聲，從隼人身後出現。她的睡衣被睡得歪七扭八，到處亂翹的頭髮像被炸過似的，跟髮型、制服都整整齊齊的兒時玩伴和朋友簡直天差地別。

「早啊～～哥，這是什麼味道啊，肚子好餓……小春、沙紀！」

眼睛頓時瞪大的姬子發出「嗚呀～～！」的叫聲，立刻手忙腳亂、慌慌張張地衝進盥洗室，過了一會又傳來吹風機「嗡～～～～」的聲響。

留在後頭的三人互看一眼並露出苦笑。

妹妹一如往常的舉動總算讓隼人找回平時的冷靜，他冷眼看向春希。

「所以呢？」

「什麼？」

「春希，妳到底想幹嘛？居然把沙紀牽扯進來，妳有什麼企圖？」

「哪有什麼企圖啊，太過分了吧！」

「那、那個，因為我最近的生活慢慢上軌道了，這陣子也總是受你們照顧，春希姊姊才建議我幫你們做早餐當作驚喜。」

隼人冷冷地瞪著春希逼問，春希便氣得嘟起嘴脣，似乎有些心寒。

看到兩人鬥起嘴來，沙紀便帶著苦笑出面緩頰，嗓音透露出一絲欣羨。

「原來如此，謝謝妳，沙紀。」

「不、不會……而且比起接受招待，我更想做早餐給你們吃。」

「！」

沙紀說完露出微笑。這下隼人說不出話來，還面紅耳赤。看到隼人的反應，春希有些鬧彆扭地說：

「喂，隼人，你怎麼對我跟沙紀差別待遇啊？」

「反正妳只是想試試『做早餐&把我叫醒』這個情境吧？」

「被發現了嗎！」

「怎麼可能看不出來啦！」

「啊、啊哈哈……」

看似一如往常卻有點不一樣的互動。

閒聊的同時，兩人依舊在準備早餐。

隼人正猶豫要不要幫忙，春希便露出溫柔的笑靨。

「隼人，這裡交給我們，你去換衣服吧？」

「……嗯，那就麻煩妳們了。」

「頭髮也整理一下吧，你跟小姬的頭髮都在同一個地方翹起來了。」

「咦！」

隼人火速壓著頭衝回房間。

身後還傳來兩道溫柔可愛的輕笑聲。

「哇，好棒喔！」

看到餐桌上擺的早餐，姬子讚嘆。

白飯、味噌湯、烤鮭魚、蘿蔔泥、納豆、淺漬茄子和小黃瓜、燉煮黃豆鹿尾菜。一看就知道這頓早餐十分費工。

隼人也發出讚嘆聲，結果和一臉得意的春希對上視線，於是急忙清了清喉嚨。

春希不爽地皺起眉頭，沙紀則露出苦笑。

姬子迅速在他身旁入座，興奮地催促三人趕快開飯。

「「「「我要開動了。」」」」

餐桌上響起四重奏。

對早上經常吃麵包類輕食的霧島家來說，這種純日式早餐既稀奇又新鮮。而且對隼人而言，也很久沒有人做早餐給自己吃了。他瞇起眼感慨萬千地盯著早餐時，春希不解地開口問道：

「隼人，你不吃嗎？」

「！啊、噢，不，那個……嗯？味噌湯裡放的這個是什麼……？」

碗裡除了豆皮，還漂著某種雪白蓬軟的東西。隼人從沒看過這種食材，不禁疑惑地歪過頭。

「那是水波蛋，在村尾家都會放的……」

「是喔。」

「嗯嗯，在月野瀨的時候，我也常在沙紀家吃到這個。要把蛋黃戳破還是要一口吞進去呢？真傷腦筋呀～」

出現這種平常家裡不會有的配料，就更有別人做早餐給自己吃的感覺，隼人的心也躁動起來。但他一點都不討厭這種感覺，動筷的速度也比平常快許多。

眾人津津有味地吃著早餐時，對面的姬子忽然「哇！」地叫了一聲。循著她的視線看過去，是客廳裡一直開著沒關的電視。

『炎熱的季節尚未結束！Shine Spirits City祭出泳衣&浴衣三折優惠，今年最後的大特賣活動！』

隨著旁白出現在螢幕上的是身穿各種泳衣及浴衣的俏麗少女們，其中一個很眼熟。

佐藤愛梨。

她是最近當紅的模特兒，也是一輝的前女友。看來她已經紅到可以拍電視廣告了。

姬子雙眼閃閃發光，隼人卻察覺到身旁瀰漫的氣氛不太對勁，神情顯得有些尷尬。

「沙紀、小春，妳們看！是愛梨耶，愛梨！就是我們去City買泳裝的時候，在活動現場親眼看到的那個愛梨！咦～～廣告裡還有MOMO！」

「哇、哇、哇，該不會是妳暑假前傳照片給我時的那個？小姬，妳好厲害～～居然見過電視上的人！」

「對對對，雖然我用APP沒抽中，但距離真的很近！本人身材很讚……欸，那件浴衣有輕飄飄的荷葉邊！」

「哥德蘿莉浴衣嗎！嗚哇，都市真的是無奇不有耶～～」

「……沙紀，說不定妳很適合穿那種浴衣喔。」

「咦，什麼～～～？她們是模特兒，穿起來才好看吧～～」

「是嗎？不過，我好想親眼看看穿著那種浴衣的愛梨喔。」

「嗯嗯，我也好想親眼看看明星～～……奇怪，那個人……？」

「怎麼了，沙紀？」

「不，沒什麼。」

不知為何，沙紀盯著電視出神，還疑惑地歪著頭。

一旁的春希有些不悅地哼了聲。

「跟隼人說一聲就好啦。不知道為什麼，他好像認識那位愛梨，交情還挺好的呢。」

「──……………咦？」」

「春、春希！」

姬子和沙紀的表情一僵，視線從電視緩緩移向隼人，彷彿發出了「嘰嘰嘰」的聲響。她們的眼睛不見虹膜，張大的瞳孔如地獄般陰暗。隼人感到一股寒意竄過背脊。

然而一旁的春希毫不在乎，只是冷冷地將臉別開，氣鼓鼓地狼吞虎嚥扒著飯。

「哥！你什麼時候認識愛梨那種模特兒的！」

「哥、哥、哥、哥、哥哥！」

「不、不不是啦，該說是認識嗎？只是朋友的朋友那種遙遠的關係……」

「哦～～只是朋友的朋友，你會跟這種女孩子穿著泳衣抱在一起喔？」

「──抱、抱在一起！」」

「那、那只是因為她在泳池邊腳滑了！」

「哥，給我說清楚喔。」

「哥哥，你沒做什麼壞事或難以啟齒的事情吧！」

「姬子！沙紀！」

「哼〜〜」

被放下筷子的妹妹和她朋友如此逼問，隼人難以招架地縮起身子，急忙將剩下的早餐扒進嘴裡，立刻從座位上起身。

隨後，他將「啊，逃走了！」「都市的誘惑，蜜糖陷阱……」「啊，等一下啦〜〜！」等喊叫聲拋在腦後，跑回房間抓起書包。

在玄關穿鞋時，三道腳步聲也急急忙忙追了上來。

「哎喲〜〜真受不了哥！」

「……唔唔，咳！都怪隼人趕成這樣，我嗆到了啦！」

「呃，那個，要洗的碗盤……」

「好好好。啊，碗盤我放學回來再洗。」

她們全都面有慍色，彷彿玩到一半的玩具被人搶走。

隼人搔搔頭並打開家門。

隨即沐浴在還帶有熱度的陽光下，亮得他眼前瞬間一片白。

他忍不住將手放在額頭上擋光，瞇起雙眼。

看看手機，發現是平常出門的時間。

太陽的位置比剛搬過來時低了一點，光芒也比當時溫和了些。

雲朵如細沙般鬆軟地掠過天空。

上學路上，一行人在前往學校途中聊得十分起勁。

「對了，我在學校聽說過，這一帶好像會舉辦大型的秋日祭典耶。」

「從這邊搭兩站電車的地方有座大神社，好像每年都會在這個時期舉辦。聽說會有很多攤販，也會放煙火。」

「哇、哇，是漫畫裡常看到的那種會賣什錦燒、蘋果糖或雞蛋糕的攤販嗎？」

「對對對，就是那種感覺，聽說很棒喔〜〜」

「春希，妳從剛才就用『好像』、『聽說』這種說法，是不是沒去過啊？」

「……呵呵。」

「啊，抱歉。」

「喂，現在跟我道歉的話，我會很受傷耶！」

「啊哈哈，哥哥……」

以剛才的廣告為契機，大家開始聊起秋日祭典。

剛剛就用手抵著下巴沉思的姬子發出了「嗯～～」的低吟聲。

「這種祭典果然就該穿浴衣去呢～～」

「嗯嗯，機會難得嘛。而且在月野瀨的祭典也沒機會穿到浴衣！雖然沙紀有讓我試穿巫女服啦！」

「咦？小春，妳什麼時候穿的！」

「當時也有拍照喔～～下次再傳給小姬看。這麼說來，我也沒穿過浴衣。」

「真的嗎？沙紀常常穿巫女服，感覺妳很有和風氣質耶。」

「啊哈哈，畢竟在那邊沒機會穿嘛……」

「這倒是啦……」

「對了對了，小春，秋日祭典是什麼時候啊！」

「我想想～～是這個月23日，每年都會在秋分當天舉行。」

「就是下週嘛！欸欸，那我們這週末去看浴衣吧！」

「不知道要不要打工……得確認班表才行。」

「說到打工，我們上次去沒遇到春希姊姊耶。」

「對啊對啊，本來是專程去看那邊的制服，結果只有哥那群男生在！啊，對了，菜單上有預告說要更換成秋季新品吧！」

「這麼說來，或許已經採購了栗子、南瓜和地瓜。」

「哇、哇、哇，好想看看成品喔～～！」

俗話說「三個女人一台戲」，她們的話題變了又變，聊得越來越起勁。

比如前陣子買的衣服啦，家具和壁紙啦，還有美妝飾品等等，全都是隼人很難加入的話題。隼人實在跟不上她們的節奏，有些格格不入地嘆了口氣，拉開一步的距離看著她們。

春希帶著開朗和善的表情提供話題；沙紀輕笑著有些客氣地看著她們；姬子則是興奮地嚷嚷著，感覺就像隨處可見的「女孩小團體」。

隼人瞥了沙紀一眼，她跟平常一樣帶著微笑，不知怎地卻讓隼人小鹿亂撞。隼人下意識看向自己的手——那天跟沙紀緊緊相繫的掌心——

「哥哥？」

「！」

沙紀冷不防從下往上盯著隼人的臉。

隼人心跳超快，忍不住誇張地往後仰。

可能是覺得隼人的反應很好笑，沙紀像惡作劇成功似的發出輕笑聲。

「呃、呃～～……？」

「我想知道你覺得哪種浴衣比較好看，想徵詢男孩子的意見。」

「妳問我也沒用啊……我連浴衣有哪些款式都不曉得……」

「哎喲，沙紀，哥就是這種人，他的意見不值得參考啦。」

「反而很難想像對女生話題瞭若指掌的隼人吧。」

「『就是說啊～～！』」

從旁插嘴的姬子和春希異口同聲，像在火上加油。

看樣子話題最後又回到浴衣了。

聊著聊著，眾人來到前往各自學校的岔路口。

「哥，那我們走這邊嘍。」

「放學後再去打擾你們。」

「拜拜，小姬、沙紀。」

「嗯，慢走。」

隼人揮揮手準備往高中前進時，制服衣襬忽然被扯了一下。他疑惑地回過頭，沙紀便湊到他耳邊說悄悄話：

「我會挑一件你會覺得可愛的浴衣。」

「！」

真是意想不到的宣言。隼人的意識頓時被掏空，腦袋一片空白，內心完全靜不下來。

沙紀丟下這句話就匆匆忙忙追上姬子的腳步。

隼人朝沙紀瞥了一眼，發現她耳朵通紅，這讓隼人的心跳得更快了。

今天的思緒從一早就老是被沙紀攪得一團亂。

「隼人？」

「！噢，我們走吧。」

隼人茫然杵在原地好一會，被滿臉狐疑的春希喊了一聲才回過神來，急忙追上春希的腳步，與她並肩同行。

於是春希看著隼人的臉，眨了眨眼，接著露出別有深意的笑容。

「哦～～隼人，你的臉超紅耶。怎麼，難道沙紀剛剛給你出題，要你猜猜她今天內褲是什麼顏色嗎？」

「啥，怎麼可能啊！」

「『放學後來我家對答案吧？今天家裡沒人喔……』」

「她一個人住，『家裡沒人』這種說法感覺莫名貼切耶，夠了喔！」
「唔嘻嘻。」
被春希調侃，隼人不禁大聲起來。
春希露出心滿意足的表情，嬌滴滴地說：
「順帶一提，我今天的顏色是——」
她用性感的手勢迅速掀起裙襬，看起來格外妖豔。
此舉自然吸引了上學途中來往行人的視線。
為了避開眾人的目光，隼人連忙用身體擋住春希，又握住春希拎著裙襬的手，用焦躁的嗓音告誡：
「喂，別這樣，成何體統。」
說完，隼人用眼神示意周遭，行人們便尷尬地將視線別開。
「啊哈，我又不是真的要秀給你看。」
「不是這個問題……真是的，我的意思是妳應該對自己長得可愛這件事多點自覺，不要隨隨便便在外面做這種事。」
「是、是喔……隼人，你會把我當女孩子看？」

「廢話，我深有體會，甚至到厭煩的程度了。」

「！」

不論是直接碰觸到她的身體時、她偶爾展露的可愛笑容、周遭聚集在她身上的目光，以及她隨時隨地表現出的勾人演技。自兩人重逢以來，隼人早已深有所感。

他想著這些事，目不轉睛地盯著驚訝得眨眼的春希，不禁發出感到傻眼的嘆息，催促春希趕快到學校。

「好了，快走吧。」

「嗯、嗯。」

走在前方的隼人看著剛剛忽然握住春希的手，眉頭一皺。

柔柔嫩嫩，可以完全包覆在掌心之中的女孩子的手，跟沙紀一模一樣。

沒錯，春希是女孩子。

但不可思議的是春希和沙紀不同，不會攪亂他的心。

所以隼人下意識將這個想法化作言語脫口而出：

「……春希應該沒問題吧。」

「嗯？你說什麼？」

「沒事。」

「哦？」

隼人露出難以言喻的曖昧笑容。

穿過校門後，兩人看著在操場上晨練的運動社團，往校舍後方的園藝社花圃走去。

隨後就看見未萌正在用推車搬運東西，走向已經將櫛瓜和番茄等夏季蔬菜撤走的空地。

「早安～～未萌！我來幫妳吧，妳在做什麼呀？」

「早安，春希、隼人。那個，我在為下一期植栽做準備。」

「準備？妳要耕地嗎？」

「讓土壤再生。喏，畢竟夏季蔬菜把這片土壤的養分都吸收掉了。」

「啊啊，原來如此。感覺像是幫下一批栽種的孩子們準備糧食？」

「還需要堆肥吧，我去拿。放在老地方嗎？」

「對，我已經把拿過來的苦土石灰放在那邊了。」

於是三人將準備好的苦土石灰撒在土上，各自用手上的圓鍬混勻。

隼人先示範，以鐵鏟的手柄部分為軸心，用旋轉的方式將挖起的土壤搖落，土壤便均勻鬆軟地落在地面。

春希和未萌也用圓鍬有樣學樣，發現效率好得出奇，大開眼界。

由於範圍不大，三人分工合作馬上就處理完了。

收拾道具的同時，隼人將忽然想到的某件事問出口：

「對了，未萌，聽說這一帶會舉行大型秋日祭典？」

「好像是耶，最近我們班都在聊這件事。」

「咦，『好像是』……未萌，難道妳也沒去過嗎？」

春希一臉意外地眨眨眼。

未萌有些為難地皺起眉，用食指抵住下顎發出「嗯～」的低吟。

她看著春希和隼人的臉，才揚起嘴角有些害羞地說：

「那個，因為我上高中後才開始住在爺爺家……以前是住其他地方。」

「啊，這樣啊。」

「暑假或過年的時候會來爺爺家，但秋日祭典那段時間我要上課……」

「原來如此……這樣吧，未萌，要不要一起參加秋日祭典？」

「嗯，我妹也會去就是了。」

「哇！」

聽了春希的提議，未萌頓時表情一亮，雙手舉到胸前輕輕一拍。

但她隨即「啊」了一聲，彷彿想起什麼，歉疚似的表情蒙上陰影。

「秋日祭典是在秋分舉行吧？對不起，那天跟爺爺的出院日撞期了……」

未萌有些內疚地縮起身子。

但隼人和春希互看一眼後，露出笑容說道：

「哇，確定要出院了嗎！恭喜！」

「太好了，未萌！」

「春希、隼人……！」

聽到兩位朋友的祝福，未萌也跟著笑逐顏開，露出微笑。

隨後她微微嘟起嘴脣埋怨：

「但有件事讓我很頭痛。最近爺爺得知櫻島清辰也住進同一間醫院，就說非得看他一眼，否則不肯出院呢。」

「畢竟是超大牌演員，我媽跟沙紀——就是我妹的朋友，也因為這件事興奮得要命。」

「啊哈哈，聽說他超有名，那個世代幾乎無人不知無人不曉……但隼人好像連這個人的存在都不曉得。」

「喂，有必要提這件事嗎！」

「呵呵！」

被未萌這麼一笑，隼人不禁羞紅了臉。

春希心滿意足地將嘴勾成彎月形調侃：

「不過太可惜了，隼人，沒機會看到未萌穿浴衣的樣子。」

「是啊，可惜沒辦法一起去。」

「你看，未萌有這麼傲人的胸圍，可能會像這樣被腰帶托起來吧。」

「喂！」「呀！」

春希這麼說，還笑嘻嘻地在胸前比劃出山的形狀，未萌立刻面紅耳赤地抱緊胸口掩藏。

「我、我會束得緊緊的，不會發生那種事……！」

「她這麼說耶，隼人。」

「我該說什麼才好……」

隼人在腦中想像那個畫面，有些害羞地搔搔頭。春希拋出一句「隼人好色」，有些不悅地吐出舌尖。

第2話 誤會的兩人

跟末萌分開後，兩人往教室走去。

教室裡有人在跟朋友聊天，有人慌慌張張地抄寫別人的作業筆記，有人看著手機咒罵連連，跟平常一樣充斥著喧鬧的氛圍。

但踏進教室的那一瞬間，隼人就覺得有些不對勁。

表面上的確一如往常，但空氣中瀰漫著一絲彆扭的感覺，不知道是什麼原因。

春希皺起眉頭，似乎也察覺到異狀了。

「春希？」

「……嗯～～？」

隼人喊了她一聲，春希只是欲言又止地微微歪頭。看來連她也不清楚。

隼人帶著這股莫名的懸念放下書包，向難得獨自在座位上發呆的伊織搭話。

「早啊，伊織。」

「！啊、噢，是隼人啊……」

伊織雙肩一顫回過頭，發現是隼人後鬆了口氣。如此不自然的反應讓隼人皺起眉頭。

「……怎麼了嗎？」

「啊～～……」

伊織應該也發現自己的反應很奇怪，雖然沒找藉口開脫，還是吞吞吐吐的。

看到朋友如此令人猜不透的舉動，隼人用疑惑的視線看向周遭，跟他對到眼的同學們也只是聳聳肩。看來他們也沒搞清楚狀況。

隼人又皺起眉頭時，伊織才發出難以言喻的嘆息，將視線移向某一處。只見伊佐美惠麻就在那裡。

她發現他們的視線後，急忙刻意將臉轉開，神情尷尬。

看樣子這兩人出了問題。

但不知道到底發生了什麼事。

隼人和春希互看一眼，春希也只是輕輕搖搖頭。

上課時間。

老師在黑板上寫字，隼人和春希偷偷觀察老師的背影，同時用從筆記本撕下的紙片傳紙條。

『春希，妳也不知道原因嗎？』

『嗯。有些人也覺得怪怪的，但看到伊佐美同學尷尬的表情，就在斟酌該不該問……』

『也對，看了伊織的反應，我也問不出所以然……』

兩人同時發出「「唉……」」的微弱嘆息。

伊織和他的女友伊佐美惠麻之間應該有些問題。

現在還在上課，伊織和伊佐美惠麻卻一直偷瞄對方，對上眼後氣氛變得有些尷尬，又刻意別開目光。

交遊廣闊，開朗又隨和的伊織是班上的開心果。

伊佐美惠麻也是運動社團女孩們的首領，充分發揮出她的領袖特質。

他們都稱得上班上的中心人物。

所以當兩人之間氣氛有異，就會傳染給其他同學，讓人坐立難安。老師似乎也嗅到這股莫名凝重的氣息，唯獨今天的板書特別多。

隼人和春希都想設法解決兩人的問題。

每到下課時間，他們都會委婉地向兩人或周遭打聽消息，結果卻不盡理想。

『可是隼人，就算要打聽消息，用「要縮短料理時間，就該把切碎的洋蔥冷凍備用」這種話題也太詭異了吧？哪有人知道你在說什麼啊。』

『少囉嗦！妳也不知道該聊什麼，結果狂講「最近很推的手遊」這種話題吧？我先提醒妳一聲，最近大家已經發現妳的宅屬性了喔。』

「——————！」

春希看了隼人丟過來的紙條內容，驚訝得差點叫出聲，情急之下倒抽一大口氣。想當然耳，她的反應也被老師發現了。

「怎麼啦～～二階堂～～？」

「！啊，呃，那個……那句close to you與其翻成『想在你身邊』，應該依照前後文翻成『想見你』才能更完美地表述心境……」

「哦～～二階堂很浪漫呢～～這裡確實——」

臨時掰出的藉口成功奏效，春希也安心地鬆了口氣。

隼人似乎覺得很好笑，雙肩不停抖動。春希對他賞了白眼，還將橡皮擦切下一角往他的額頭扔過去。

來到午休時間。
鐘聲一響，整間學校頓時吵嚷起來。
隼人的教室也不例外，立刻充斥著中午的喧鬧感。
雖然已經下課了，伊織和伊佐美惠麻還是慢吞吞地收拾課本，佯裝在整理書包和書桌的樣子，偷偷窺探彼此。
可能是因為這樣，離開教室的人比往常多一些，彷彿想逃離麻煩事。
儘管想替兩人解決問題，但在課堂上用便條紙開了作戰會議，最後也沒想出好點子。
隼人和春希互看一眼，雙方都面有難色。這時忽然有人語氣開朗地跟他們打招呼。
「一輝。」
「海童……」
和春希一同看過去後，只見一輝面帶微笑地揮揮手。
「我來找你們吃午餐……呃……？」
「啊～～……」
該從何說起呢？

隼人也不知道原因為何。

然而一輝用視線掃過伊織和伊佐美惠麻後，恍然大悟地露出苦笑。他將大拇指抵住下顎發出「唔～～」的低吟聲，隨後又像想到惡作劇點子般勾起笑容，並往伊織走去。

「伊織，我們去車站對面那間拉麵店吧！」

「啥？」「咦？」「一輝……？」

還說出這種莫名其妙的話。不僅伊織，連隼人和春希都不約而同地發出詫異的聲音。

一輝繼續說道：

「現在跑過去勉強來得及吧……啊，為了不被老師發現，從後門出去的話得繞點遠路。反正就是這樣啦，走吧走吧！」

「咦?啊，喂……！」

「隼人也趕快跟上！」

「我有帶便當——啊～～煩死了，等等我啦！」

說完，一輝就硬拉著伊織的手跑出教室。

隼人低頭看了書包裡的便當一眼，只猶豫了幾秒便搔搔頭，抓起錢包追上兩人的腳步。

臨走前，他和春希四目相交。

伊佐美惠麻驚訝地往這裡看，隼人用眼神向春希示意後舉起一隻手表示「那邊就交給妳了」，隨即離開教室。

本想起身的春希發出「啊！」一聲略顯不滿的聲音，但還是嘆了口氣，重新思考後來到伊佐美惠麻身邊。

「伊佐美同學，要不要跟我在教室裡一起吃午餐？」

「咦？噢，嗯……」

伊佐美惠麻應該確實感受到春希的關切了，她也明白現在是什麼情況。

但她環視教室一圈，又看向伊織離開的方向，露出猶豫不決的苦惱神情。她應該不想讓其他人聽到這些事。

春希思考了一會，有些遲疑地說：

「……其實我想帶妳去一個地方。」

隼人他們走出學校後門，又跑了十幾分鐘。

在離學校最近的車站平常走的驗票閘口對面有棟住商混合大樓，他們要去的拉麵店就在一樓。

或許是因為時值中午，店門口排了一些人。儘管有點擔心時間，但翻桌率似乎很快，沒一會就進入店內了。

只有吧檯座位的拉麵店裡，平日中午當然只有隼人他們穿著制服。

他順勢就被一輝帶了過來，不過中午離開學校其實是違反校規的。

要是店家跟學校聯絡——隼人感到坐立難安，一輝則用有些興奮的嗓音說：

「別擔心啦，隼人，運動社團那些人都會趁午休偷跑來這裡吃飯，感覺已經變成一種傳統了。但我今天也是第一次來啦。」

「哦，這樣啊。」

拉麵店老闆也轉過頭來淘氣地眨眼，彷彿心領神會。

而且端上桌的拉麵被免費升級成大碗，看來老闆也習慣接待隼人他們這種學生客人了。

接受店家的好意後，隼人雙手合十說了聲「我要開動了」並吃了一口。

一股魚貝類的香氣立刻竄過鼻腔。

「！這是……小魚乾？」

「沒錯，好像會依照季節變換種類喔。」

「是喔。」

隼人心想：原來如此，老闆真有巧思。這樣的話就會有人好奇每個季節的口味而上門光顧吧。

他專心地吃了一會拉麵。跟朋友跑出學校吃的這碗拉麵似乎多了點非日常的刺激，吃起來格外美味。

當麵少了一半以上，一輝忽然將話題拋到伊織身上。

「對了，伊織，你跟伊佐美同學怎麼了？」

「噗呼喔！咳、咳咳……」

「……來，伊織，喝點水。」

「嗯咕、嗯咕……」

一輝的直球發言害伊織不禁嗆咳起來。

一旁的隼人將水杯遞過來後，伊織馬上大口灌下，「呼～～～」地發出一陣長嘆，又賞了一輝白眼。一輝也輕輕舉起雙手表示歉意。

兩人盯著彼此好一會。

一輝原本用質疑的眼神看著伊織，隨後有些困惑且膽怯地問道：

「那個，我是不是太多管閒事了……？」

「啊～～……」

結果伊織再次啞口無言，皺起臉來。看來這件事確實很難啟齒。看了伊織的表情，一輝也滿臉尷尬，不敢再繼續追問。

三人之間的氣氛變得有些凝重。

搬來都市之前，隼人沒什麼機會跟同齡朋友相處，這種時候就更不知道怎麼開口了。

但伊織心裡的確有煩惱。

他忽然想起之前在醫院跟母親坦誠以對的事。

隼人把剩下的拉麵和心底萌生的各種思緒一口氣吞下肚後，重新看向伊織。

「那個，有煩惱的話，我希望你老實說。看你變成這樣，我的心情也會亂糟糟的。更重要的是，我想盡點朋友的力量。」

「隼人……」

「隼人……」

說完，隼人似乎覺得這些話有點做作，便害羞地搔搔頭。

雖然不知道伊織有什麼隱情。

但他想將這般心意好好傳達給伊織。

伊織瞪大雙眼，露出有點感動的眼神。
隨後他喊了一聲：「啊啊，可惡！」把剩下的拉麵連同湯全部解決後，氣勢驚人地將碗放到桌上，並「呼～～」地嘆了一大口氣。接著他吞吞吐吐地斟酌字句，老實說道：
「那個，惠麻她啊，暑假的時候好像被男籃隊的學長告白了。」
「「咦！」」
伊織說的這句話超乎想像，讓隼人和一輝的表情都僵住了。
讓人聯想到修羅場的各種思緒頓時閃過隼人的腦海，但伊織彷彿想消除他們的想像，連忙接著說：
「呃，她馬上就拒絕學長的告白，之後也沒什麼來往，但我昨天才知道這件事……」
「昨天，暑假……啊，她瞞著沒跟你說嗎？」
伊織露出難以釋懷的表情，有些不滿地繼續說：
「對啊。畢竟已經是過去式了，你們可能會覺得我度量小……但我打個比方，要是有人跟二階堂同學告白，你明明一直在她身邊，她卻瞞著你，你會做何感想？」
「這……」
隼人試著發揮想像力。

春希是外表清純可愛，溫柔婉約的和風美少女。她當然很受歡迎，但過去她總是跟周遭保持距離，所以從來沒傳過緋聞，可謂高嶺之花。想起她之前聽到一輝惡作劇的假告白的模樣，就覺得她對這方面沒什麼抵抗力。

假如有人對她告白，馬上就能想像她無比動搖，變得傻呼呼的樣子。平常她只會在隼人面前露出這種真實的面貌，要是被別人看見——一想到這裡，一股混雜了嫉妒和獨占欲的醜陋情感便重重地襲向他的胸口，臉也因此皺了起來。

看了隼人的反應，伊織苦笑著說了句：「對吧？」

發現自己把情緒寫在臉上後，隼人神色尷尬地別開視線。

接著又發現伊織完全把春希的立場設想成女朋友，於是連忙開口解釋：

「我跟春希又不是那種關係，不過如果她瞞著我這麼重要的事，感覺確實很差。」

「是吧……惠麻是我的兒時玩伴，又是女朋友，我還以為我們是連雞毛蒜皮的小事都能聊的關係……」

「啊啊……」

隼人十分同意伊織的說法。

有些話確實很難開口吧。

那段七年的空白也讓隼人跟春希變得有些疏遠。然而自從兩人重逢，他們像過去那樣變得更親近，春希還對他坦承無法輕易對眼前的伊織和一輝開口的祕密。

所以他完全能體會伊織的心情，兩人不約而同發出嘆息。

結果他們還是沒想出能打破僵局的好方法。

◇◇◇

遠離午休的喧鬧聲，杳無人煙，幾乎大半都變成資材堆置處的舊校舍。

春希的表情透露出幾分愧疚，與伊佐美惠麻一同走在舊校舍的走廊上。

不久後，她們在某個教室前停下腳步。

這裡原本是春希用來獨處的避難場所，現在則是只和隼人共享的祕密基地，她可以放心大膽地做自己。

既然不想被其他人聽見，春希就想到這裡。

但情況至此，春希也很猶豫該不該把伊佐美惠麻帶來這個地方，原本要搭上門把的右手有些遲疑。

而且對一直主動避免和人交際的春希來說，她也知道自己並不擅長做這種事。這種插手干預的舉動不符合自己的個性，也不知該說什麼才好。

春希轉過頭偷偷觀察伊佐美惠麻的臉色——於是倒抽一口氣。

她一反平常開朗的模樣，無力地垂著頭，迷惘的表情好像下一秒就要哭出來了。不知怎地，春希在她身上看見了孩提時代的自己。

緊接著在腦海閃現的身影是過去的「隼人」。原本像霧靄般籠罩在胸口的遲疑瞬間被他的笑容吹散。

這種時候隼人一定會——於是春希用力拉住她的手，邀她進入祕密基地。

「！二階堂同學，這裡是……？」

「歡迎來到我們的祕密基地！」

「祕密基地……？」

伊佐美惠麻驚訝地眨眨眼，春希便「嘻嘻嘻」地對她露出惡作劇成功的笑容。

「對啊。就是我剛入學的時候大家鬧成那樣，讓我很不舒服，為了獨處才找了這個避難場所。」

「啊～～……」

伊佐美惠麻想起當時的狀況，不禁發出認同的聲音。隨後她看了教室一圈，有些顧慮地開口問道：

「不過，我真的可以來這裡嗎？這裡是……」

伊佐美惠麻的視線落在空蕩蕩的教室中唯獨存在的兩個抱枕，另一個是誰的應該很明顯了。她也馬上就猜到這裡是跟特定人物共處的重要場所。

不過仔細想想，眼前這個少女不管是在社團需要幫忙、體育課或實驗課需要分組的時候都在一起，在校外也會一起打工和玩耍。在春希的高中生活中，她早已變成不可或缺的重要存在。

所以春希盯著她的雙眼，道出心中的想法。

「當然可以啊。伊佐美——『惠麻』是我的『朋友』吧？」

「二階堂——『春希』……」

感受到春希的心意後，惠麻瞪大雙眼，兩人相視而笑。

隨後春希「嘿！」的一聲往抱枕上用力一坐並盤起腿。看到春希平常不會在教室裡表現出的豪放姿態，惠麻不禁苦笑。

春希微微歪頭表示：「妳不坐那個空的抱枕嗎？」惠麻才發出放棄的嘆息。

惠麻坐在春希身旁，端正坐姿，吞吞吐吐地斟酌字句娓娓道來。

「……其實暑假練習的時候，我被籃球隊的學長告白了。」

「咦！」

「我、我當然馬上表明自己在跟阿伊交往，拒絕告白了，之後跟那位學長也沒什麼來往。只是我當下沒有告訴阿伊，昨天才被他發現……」

「這……」

惠麻又自嘲「氣氛會那麼尷尬都是我造成的」，春希也不知道該對這個話題做出什麼反應。

「……」

「……」

沉默短暫籠罩了整間教室。

在這股難以言喻的氛圍中，惠麻又嘀咕：

「……其實，我國三的時候被排擠過。」

「咦？」

惠麻突然坦承如此沉重的祕密，春希不禁發出怪聲，眼睛眨個不停。平常惠麻在班上總是受人追隨，所以實在難以想像。

惠麻抬頭看向窗外，有些顧慮地說起往事。

「我這個人，心裡想到什麼就會毫不避諱地說出來，當時同學對我很反感，就被討厭了……上高中之後，我一直提醒自己不能這樣……」

說著說著，惠麻無力地笑了。

「當然，我本來想跟阿伊說學長的事，但當時的回憶忽然閃過腦海，我就不知道怎麼開口了……我怕讓他操多餘的心，也怕說了之後，現在的氣氛會有所改變……」

「…………」

這時，春希也試著想像隼人被陌生人告白的可能性。

依照隼人的個性，他一定會顧慮對方的立場，所以可能不會告訴她。想到這裡，春希就能體會惠麻的心情。

然而一想到有人對自己隱瞞這種事，她也能切身體會伊織的心境，因此皺起眉頭。

「被排擠的那段時期，我跟阿伊也變得有點疏遠。」

「是嗎……？」

惠麻的下一句獨白又讓春希感到些許困惑，畢竟平常都看到他們相親相愛的樣子。

「小時候我們當然會黏在一起，可是妳想想，上國中後男女之間就會出現代溝嘛……但當時阿伊對我說『至少在我面前想說什麼就說什麼吧，那個，我從以前就習慣了』，那也是我們交往的契機。所以我現在這種行為真的很過分……」

「惠麻……」

說完，惠麻的臉難看地皺成一團，春希也不知該說什麼。

經歷過近在身邊卻關係疏遠的時期，還是跨越阻礙在一起了。

正因如此，才能感受到兩人之間的羈絆有多強烈，但與此同時——春希莫名在他們身上看見隼人和沙紀的影子，連她自己都嚇了一跳。

她馬上覺得這樣對眼前的惠麻很不尊重，於是輕輕搖頭想甩開這種思緒，說了句：「真傷腦筋。」惠麻也回答：「到底該怎麼辦？」

後來她跟惠麻一起回到教室。

隼人和伊織在午休快結束的時候回來了。可能是用盡全力跑回來的，兩人滿身大汗。

上課時，隼人和春希又用筆記本撕下的紙片交換紙條。

不過問了彼此的狀況後，最終還是沒想出什麼好點子，不知該如何是好。

惠麻和伊織的尷尬氣氛也一直持續到放學後。

◇◇◇

這天打工的忙碌程度是隼人至今最崩潰的一次。

「抱歉，四號桌的聖代是什麼口味？」

「抹茶！伊織，聖代我來做，你先去準備二號桌的餐具！」

「那個，餡蜜的數量和種類……？」

「伊佐美同學，那不是七號桌的，是九號桌！」

「咦？啊，對不起。」

「抱歉，隼人，二號桌點了什麼？」

「紅豆年糕湯套餐，每個都要抹茶！啊，我去收一號桌！伊織，那邊我之後再處理，你去幫新來的客人帶位！」

「喔、喔，對不起……」

點餐出錯、做錯餐點、遲遲沒幫客人帶位，這種粗心的失誤接二連三發生。過去他們倆無須言語就能達成的絕佳默契，現在卻亂七八糟。

不幸的是，今天這個時間的值班人員只有伊織、惠麻和隼人。春希去幫忙文化祭的事，一輝要練球。

隼人努力到處幫忙，為了避免致命性的失誤，還是讓他耗盡了心神。

伊織和惠麻也知道自己在扯後腿，於是想盡辦法問其他工讀生能不能臨時來幫忙。

一聽到從後門進來的幫手們打的招呼，隼人馬上眼眶泛淚，還被她們嘲笑了一番。而伊織跟惠麻這天也直接下班了。

好不容易熬過打工的隼人體會到前所未有的疲憊感，實在沒辦法從頭開始準備晚餐，因此就用剩菜、冷凍食品和超市的熟食簡單解決。

本以為春希、沙紀和姬子會嫌他偷懶，但看到他精疲力盡的表情，她們也十分體諒。隼人忍不住向她們抱怨今天的打工狀況。

「今天真的累死了……明天可能會肌肉痠痛，嗓子也要啞了……」

「哥哥，打工這麼辛苦嗎？」

「是啊，那些幫手看起來就像神一樣。」

「啊哈哈。不過隼人，明天的班表不是跟今天一樣嗎？」
「唔，對啊。今天已經強迫那些人來幫忙了，明天實在很難開口。」
「那我明天也想辦法過去吧。」
「真的嗎？得救了。」
聞言，姬子突然發現了什麼似的問道：
「小春，妳明天要打工啊？」
「嗯，感覺那邊人手不足。」
「這樣啊，原來如此。」
吃完晚餐後，隼人送春希和沙紀離開，洗完碗盤，對客廳裡盯著電視的姬子喊了聲「記得念書啊～～」才回到自己的房間。這時他發現書桌上的手機響起群組聊天室的通知聲，原來是伊織傳來的。
『今天真不好意思，多虧有你幫忙！』
隼人不知該不該回覆，但他實在累壞了，下一秒就直接把內心話傳了過去。
『一個人真的忙不過來啦，要感謝那些幫手喔。』

『隼人，今天這麼辛苦啊？』

『對啊，忙到我現在就對明天充滿絕望。』

『真是慚愧……我跟惠麻都沒想到會亂成那種地步。為了不影響到打工，我剛剛本來也想打給她，但不太順利……』

對話到這裡剛好告一段落，拿著手機的隼人也眉頭緊蹙。

雖然想盡一份力，但真的難以下手，隼人這方面的經驗也不足。

一輝在對話中不經意留下的那句話，讓隼人更不知該說什麼才好。

『我好像能體會伊佐美同學說不出口的心情……』

◇◇◇

隔天的教室裡，也是一大早就瀰漫著尷尬的氣氛。

情況跟昨天沒什麼變化，放學之後，春希他們便一同前往打工地點。不知為何一輝也在，他的視線盯著伊織和惠麻，感覺有些憂心。

雖然常來幫忙，一輝並不是正式的工讀生。而且今天離開學校時，隼人還看見足球隊在操場上練習，看來一輝是刻意跟球隊請假過來的。

察覺到春希疑惑的視線，一輝為了不讓那兩個問題核心聽見，壓低音量解釋：

「我聽隼人說昨天忙翻了。喏，看他們那個樣子，感覺打工又會出問題。」

「……是喔？」

春希用完全不在意的嗓音回答，眉間浮現些許皺紋。

這是一輝特有的貼心之舉吧。這種萬無一失的個性，讓春希看見了戴著面具時的自己，於是厭煩地板起臉。

一輝的擔心也確實發生了。

「三號桌在問套餐的抹茶好了沒！」

「唔咦！抱歉，我馬上做！……奇怪，這個餡蜜是哪一桌的？」

「那是六號桌改的，已經換成刨冰了啊……隼人！」

「ＯＫ，那個我來做，伊織就負責準備抹茶。一輝，這個幫我端過去。」

「交給我吧……啊，有人要結帳，還有新來的客人！伊佐——二階堂同學！」

「唔！……好～～！歡迎光臨～～！」

儘管事前已經聽隼人提過，打工還是比想像中還要忙碌。老手兼中心人物的伊織和惠麻沒辦法好好合作，因此錯誤百出。

幸虧大部分是小事，春希和隼人都有辦法解決，但實在太頻繁了。

因為一輝也在，營運狀況總算是順利不少。雖然十分感激，但春希忍不住拿毫不猶豫選擇跟球隊請假過來幫忙的一輝和自己相比，心裡有些煩躁。

話雖如此，他們還是努力熬過了尖峰時段。

店裡只剩下兩組已經點完餐的客人，隼人也進廚房幫忙，暫時可以安心了吧。現在時間是下午五點前，接下來這段時間，下班的外帶潮會比內用踴躍。

「伊織、伊佐美同學，要不要休息一下？」

「抱歉，那我就去休息了。」

「不、不好意思。」

一輝看準時機開口催促，兩人也乖乖照做。讓今天忙翻天的罪魁禍首休息後，春希也鬆了口氣。

這時，入口處忽然傳來高亢的笑鬧聲。

鬆懈的瞬間忽然有客人上門，春希皺著臉在心裡哀號了一聲，但還是裝出笑臉上前迎接。看到入口處的兩人，她大聲驚呼。

「歡迎光——小姬、沙紀！」

「呀～果然在！沙紀妳看妳看，這裡的制服很可愛吧！」

「嗚哇，好棒，超可愛～～！難怪穗乃香她們會那麼激動～～！」

情緒異常高昂的姬子和沙紀興奮地圍著身穿箭羽紋袴裙制服的春希。

看樣子是特地來欣賞這身制服的。這麼說來，隼人想起昨天吃晚餐的時候說過要打工的事。

然而姬子敏感地嗅到現場尷尬的氣氛，疑惑地歪過頭。

「小春，怎麼了？你們說昨天很忙，我才挑人少的時候過來……有什麼問題嗎？」

「！呃、呃，那個……」

對了，他們並沒有解釋打工很忙的理由。

嚇呆的春希有些難以啟齒，並和一輝對上視線。一輝回了苦笑，走到姬子身邊。

「姬子，其實啊——」

「一輝學長？」

隨後，一輝將情況簡單地解釋了一遍。姬子起初老老實實地聽，下一秒態度就變得超凝重，最後像是再也聽不下去般發出「唉～～～～～～～～～～！」的超大嘆氣聲。

「……什麼啊。雖說清官難斷家務事，原來是這樣。天啊～！啊～啊～真是的，居然因為太愛對方互相吃醋，害我胃食道逆流了啦！哥，我要喝超苦的抹茶或黑咖啡！」

姬子意興闌珊地丟下這句話。不只一輝，其他人也被她預料之外的反應嚇傻了。

這時，伊織和惠麻回到前場。

「啊，惠麻學姊！妳快點道歉！」

「姬、姬子，歡迎光——咦？」

姬子跨著大步朝惠麻走去，再繞到惠麻身後猛推她的背，讓她跟伊織面對面。

「你們兩個狀況不對，大家也會變得不正常。惠麻學姊，趕快跟男朋友道歉！就說『抱歉讓你擔心了，我不該對你隱瞞』！」

姬子突如其來的怒火把惠麻嚇得一愣一愣的，但迫於情勢，她只好膽怯地將內心所想化為言語。

「呃、呃，阿伊，抱歉沒告訴你……那個，因為事情很快就結束了，我不想讓你操心，所以不知該怎麼重提這件事……結果害你這麼難受……真的，很對不起……」

「喔、喔……」

將道歉的話說出口後，惠麻覺得先前積在心底的那些糾結頓時釋放，接著低下頭去。

雙手環胸的姬子看著惠麻，不斷點頭，但看到依舊目瞪口呆的伊織後又立刻柳眉倒豎。

「哎喲，男朋友也快點道歉！說『我吃醋了，對不起』！」

「！咦，呃，我……」

「我不想聽藉口！反正你一定在猜『難道她對告白的那個人有點心動嗎』，心裡亂糟糟的吧？」

「！那、那是……」

「如果惠麻學姊對男朋友真的有點變心，就不會煩惱到這種地步了吧？好了，快點！」

「姬、姬子！」

「！啊～～……那個，抱歉，我嫉妒又跟妳鬧脾氣。因為妳很可愛，該說是擔心到坐立難安嗎，我真的擔心得不得了……」

「阿、阿伊！」

被姬子劈哩啪啦唸了一頓後，伊織也為自己的態度道歉並低下頭。

「……呵呵。」「……哈哈。」

隨後兩人都發出笑聲，不約而同地牽起彼此的手。

「看吧，你們就是因為太愛對方導致關係出現裂痕，只要把話說清楚就能馬上解決！」

「「……！」」

被姬子這麼說，兩人都啞口無言地低下頭。在場的其他人，甚至連店裡的客人都用欣慰的眼神看著他們，笑了起來。

尷尬的氣氛早已煙消雲散，兩人凝視彼此的視線透露出跟平常，不，是比平常更熾熱的感覺。

姬子立了大功。

隼人他們有種受騙的感覺。

畢竟從昨天就一直看著兩人苦惱至極的樣子，才更是納悶。

伊織和惠麻用愧疚又充滿感激的眼神望向姬子。被他們這麼看，姬子不知為何回了個帶著悔意的笑容。

除了伊織和惠麻，連春希都不禁屏息。姬子散發出來的氣氛忽然變了。

「心裡的想法，一定要說出口才能傳達給對方喔。」

「妹妹……」

「姬子……」

她的表情十分老成。看了她剛才那副跟平常沒兩樣的歡欣態度，感覺更是強烈。

隨後，姬子彷彿強忍痛楚般繼續說道：

「我也經歷過沒能好好表達的後悔，也因為沒說出口傷害了某個人。」

這句話充滿了她的切身體會。

春希十分意外，其他人也一樣，所有人都盯著姬子。

「要搬家的時候，我一直忍到前幾天才告訴沙紀……好不容易說出口後，沙紀號啕大哭，整張臉沾滿鼻涕和眼淚，還對哥──唔嘎！」

「哇～～！小姬，夠了～～！不准再提這件事了～～！」

姬子將沙紀當時的糗態說溜了嘴，立刻被滿臉通紅的當事人沙紀摀住嘴巴。她眼裡都泛淚了。

被沙紀臭罵一頓又低頭道歉的姬子再次看向伊織和惠麻。

「對了，惠麻學姊，你們也跟我們一起去秋日祭典嘛！你們知道那間神社的繪馬有什麼魔力嗎？」

「呃，是不是『只要許下同樣的心願就會實現』？」

「沒錯沒錯，就是那個！你們正好可以在繪馬上寫『以今日為戒，往後不會再誤會對方了』！」

「有、有道理耶！」
「啊，還有浴衣！參加祭典就該穿浴衣，一起去買吧！」
緊接著姬子又訂了這些計畫，手腕真是高明。
（以前小姬明明只會跟在我們後面。）
旁觀這一連串狀況後，春希腦海中忽然浮現關於姬子的想法。
這時，店裡傳來「不好意思～～我要結帳～～」的聲音。
隼人立刻回過神來回答「好，馬上來～～」並走向櫃台。
他們這才發現已經在入口附近聊了好一陣子。
「哦，得幫妹妹她們帶位才行。好，今天妳們就隨便點一道想吃的，我請客。」
「咦，真的嗎？太棒了～～！這個最貴的『銘菓總匯雅』也可以嗎！」
「小、小姬～～再怎麼說也太誇張了……」
「哇哈哈，儘管點吧！小巫女，妳也別跟我客氣喔！」
「唔咦！」
「呵呵，那就幫妳們帶位嘍。」
春希看著兩人被惠麻帶進店裡的背影，忽然聽見一輝自言自語。

「姬子真的很厲害……」

他瞇起雙眼，彷彿覺得眼前的景象很耀眼，嗓音也帶著幾分憧憬。

「海童……？」

「！」

春希疑惑地喊了他的名字，一輝才終於發現自己發出聲音了。只見他瞪大眼睛眨了眨，加快語速解釋：

「就是、那個，我們覺得非常棘手的狀況，她卻一下子就解決了。」

「是沒錯啦……」

「那我先去收拾七號桌喔！」

「啊……」

一輝用幾句話隨便帶過，便逃也似的離開現場。

被留在原地的春希露出難以釋懷的表情。

第3話 難以表達

有些缺角的十三夜的月亮懸在空中，時間已經將近半夜。（註：日本特有的節日，指農曆九月十三日晚上）

儘管如此，客車和貨車依舊忙碌地行駛在都市的幹線道路上。

附近有棟專門租給單身者的五層公寓，沙紀就住在其中一間，此刻她正躺在床上用群組聊天。

『雖然現在還很熱，但畢竟是秋日祭典！浴衣圖案還是帶點秋意比較好吧～～』

『我也做了點功課，也有看到秋天浴衣穿搭這種特輯。』

『可是明天去的話，會遇到夏季的清倉特賣會吧？會有適合秋天的款式嗎～～？』

『就算有，感覺也會馬上賣完……沒錯，這是戰爭啊！』

『我的肚子好像忽然痛起來了。』

『小春，那個睡一覺就好了啦。明天我們會去家裡接妳喔。』

『咪呀！』

「……呵呵。」

沙紀看著群組裡的對話笑了起來，並翻了身。

群組聊天的感覺跟平常沒兩樣，但可以感受到話題跟暑假前截然不同，而且和姬子跟春希的距離也更靠近了。

或許是因為大家一定會實際碰面，才會以此為前提，聊明天要一起出遊或購物的話題。

這時，沙紀望著窗外霧島家公寓所在的方位伸出手。

現在住的這個地方，與他們之間的物理距離也非常近，近得只要心血來潮就能馬上走過去。

『哇，好像還有涼鞋跟泳裝這些夏天的品項耶！』

『可是小姬，那些已經穿不到了吧？搞不好明年的流行趨勢也會改變啊。』

『唔，可惡……』

群組裡的話題已經從浴衣變成其他事情了，攻守也順勢交換。

沙紀對兩人的鬥嘴內容露出苦笑，接著打開搜尋網站輸入『浴衣』二字。

看到畫面上立刻出現好幾種款式各異的花樣，沙紀皺起眉頭低喃：

「……該選哪一種呢？」

跟平常當成睡衣穿的那種不同，這是她第一次選祭典要穿的浴衣。她對服裝方面不太擅長，不知該從何選起。可以的話，她還是希望穿起來很可愛，也想被大家稱讚這套浴衣適合自己。

沙紀猶豫了一陣，做了個深呼吸。

隨後起身站在全身鏡前面。

鏡中的自己當然是熟悉的雙辮髮型。

沙紀盯著鏡子一會後，便把辮子解開，留下些許三股辮痕跡的蓬鬆髮尾垂在肩胛骨上。

「我記得是這樣……」

沙紀用笨拙的手勢將頭髮綁成公主頭。這是前陣子去採買時偶然遇見的女孩子幫她綁的髮型。

儘管有待加強，鏡中的自己氣質截然不同，她不禁露出靦腆的神情。

可是，她也覺得這樣的自己還不賴。

如果用這個髮型出現在隼人面前，他會有什麼反應？沙紀想像那時的狀況，便慌張到無法冷靜。

她看著書桌上那些全新的化妝品，發出「唔唔唔」的低吟。這是之前去採買時被姬子和春希勸敗的。

沙紀轉念一想。

反正都要嘗試了，除了髮型之外，她也想好好化個妝讓隼人嚇一跳。

這次她在搜尋網站輸入『化妝　新手　國中生』後，立刻在顯示結果中眼尖地看到『變漂亮』這三個字，於是點擊連結。

她依序看著網頁的內容，拿起化妝品盯著看，被從沒看過的專有名詞搞得亂七八糟，完全看不懂上面在寫什麼，頓時手足無措。

這麼說來，教會她這個髮型的無名氏女孩臉上的妝容也十分精緻。

見過她以前俗氣的照片後，就能理解她的化妝技術有多高明。真想向她請教化妝的訣竅，該從何下手。

與此同時，沙紀也想起她說過「我也有喜歡的人」。

她一定是為了讓心上人回頭看看自己，才會努力改變吧。

當時她被捲進糾紛，不知何時失去了蹤影。

和她的相遇真的純屬偶然。

但不知為何，沙紀就是無法不管她，總是掛念著她。

所以沙紀無意識地呢喃出心中的願望。

「……如果能再見她一面就好了。」

◇◇◇

離市區有段距離的郊外重劃區。

被整齊劃分過區域的安靜住宅區，各家燈火逐漸減少，彷彿溶入了深夜之中。

在某戶微微亮著燈的住家客廳，一輝坐在沙發上開心地玩著手機。目前群組正在熱烈討論明天大家要一起去買浴衣的事。

『……唉，姬子對我再三交代，規定大家都要穿浴衣。』

『惠麻也跟我說，要一起穿浴衣供奉繪馬才會靈驗。』

『沒事啦，明天我們一起挑就好了。』

『就算你這麼說……我也不知該怎麼挑，連最基本有哪些款式都不曉得。』

『女孩子有各式各樣花俏的款式。對了對了，其實我滿喜歡這種設計。』

說完，伊織貼了個圖檔。那套浴衣的圖案很華麗，領口開到肩膀下緣，腰帶還繫在前面，讓人聯想到豔冠群芳的花魁。要是穿著這套浴衣參加祭典，一定會吸引周遭的目光吧，是十分大膽的設計。

該怎麼回應呢……一輝還在斟酌用詞時，隼人已經輸入答案了。

『該怎麼說，這套太豔麗了，感覺要挑人穿耶。』

『哈哈，我想也是～但偶爾會看到有人穿這種衣服吧？』

『這麼說來，我姊去年穿的浴衣跟這套很類似。』

『真的假的！一輝，你姊太猛了吧，反觀我姊……算了吧，感覺好怪……隼人說得沒錯，要挑人穿……』

想像伊織在螢幕另一頭不舒服地皺著臉的樣子，一輝不禁笑了起來。

以上這些都算是不會彼此客套的朋友們聊的話題吧。

但半年前的自己根本無法想像。畢竟他原本預計的高中生活是與他人保持適當距離，過得悠悠哉哉、「一帆風順」，這種感覺才更強烈。

如果把這件事告訴剛入學的自己，他一定不會相信吧。

『不過，一輝的姊姊居然有辦法穿這種衣服啊……我身邊都沒有這種類型的人，所以很難想像你姊是什麼感覺耶。』

『啊哈哈，不過伊佐美同學也是運動少女，身材曲線相當勻稱啊，搞不好很適合這種款式喔。』

『唔……聽你這麼說，好像是耶。』

『……他身邊有人撐得起這種衣服，才有說服力。』

『也是啦～～老實說，我覺得至少要達到ＭＯＭＯ那種等級才能撐起這種款式。』

「！」

ＭＯＭＯ。

忽然看到姊姊的藝名，一輝不禁心跳加速。

『ＭＯＭＯ？誰啊……一輝，你知道嗎？』

『呃，是模特兒啦，在我們這個世代的女孩之間很受歡迎，對吧？』

『對對對，一輝，你居然知道啊。惠麻買的雜誌裡經常能看見那個人，嗯，感覺是個活潑俏麗的人。該說是存在感很強吧，總之很引人注目。』

『是喔，那姬子應該很了解吧。』

一輝覺得有點尷尬，還帶著幾分愧疚。

因此他硬是轉移了話題。

『對了，伊織，你喜歡這種款式，表示你希望伊佐美同學明天買這種浴衣嗎？』

『哎呀，我是很想看啦，但實在太顯眼了，根本就是角色扮演了吧。』

『可是伊織，你要先聲明自己喜歡這種款式才有意義啊。那個，就像這次一樣，有些事要明講才能讓對方了解。我也是在春希老實說之後，才知道她不喜歡茄子。但她之前根本沒吃過，現在就很愛涼拌油炸茄子，經常要我煮呢。』

『啊～～……這樣啊，說得也是。真是的，妹妹才剛罵過我耶。』

「……」

一輝想起姬子今天在白糕點鋪做的事。

面對伊織和惠麻的尷尬氣氛，他們只能隔岸觀火，姬子卻用直球打破僵局，讓一輝覺得相當痛快，也懷抱強烈的憧憬。

沒錯，就跟第一次見到隼人時，隼人也對他實話實說一樣。

所以一輝將心底湧現的思緒如實打在群組聊天室裡。

『姬子果然是隼人的妹妹耶，真的一模一樣。』

『啊？等等，一輝，這話我可不服。』

『……呃，我覺得真的滿像的啊，尤其是個性方面。』

『連伊織都這麼說！』

能想像隼人一臉遺憾的樣子。

後來群組又跳出『而且你們都會被新商品或特價品吸引過去』、『別拿我跟她相提並論好嗎？我又不會因為今天吃太多就嚷嚷會變胖』這些對話。

一輝看著兩人的對話好一會，從手機抬起頭仰望天花板，癱在沙發上長嘆一聲。

不知怎地，有股莫名的思緒鬱積在心底。

閉上眼，腦中就會浮現有些鬱鬱寡歡的姬子。

「她也經歷過沒能好好表達的後悔嗎……」

姬子當時那句話，以及不會在隼人面前出現的黯淡神情，都讓一輝在意得不得了。

一輝又想起姬子在水上樂園帶著同樣的表情說過『我以前喜歡過一個人』這句話，胸口更是隱隱作痛。

他不知道這是什麼感覺。

但直覺告訴他這種感情並不妥當，他想把這股思緒甩出腦海，便搖搖頭站起身。為了轉換心情，他走進廚房打開咖啡機。

這時有人喊了他一聲。

「一輝？」

一輝轉頭看向聲音來源，原來是姊姊百花。她穿著坦克背心和熱褲，用手抓著肚子，頭髮亂糟糟，懶散至極的模樣實在沒辦法出去見人。一輝不禁皺眉苦笑。

「姊……我想喝點東西啦。妳要喝嗎？」

「嗯，那就老樣子吧。」

「是是是。」

於是他開始準備姊姊說的老樣子——牛奶稍多的拿鐵。

百花懶散地躺在沙發上，打開電視後不停轉台，之後又連到線上影音平台看了一會，百花無聊賴地說：

「沒什麼好看的……」

「已經半夜了嘛。影音平台呢？」

「有鯊魚特輯，在某種意義上滿吸引我的，比如向日葵花田的鯊魚ＶＳ卓柏卡布拉。」

「……啊哈哈。」

一輝乾笑幾聲，將做好的拿鐵放在姊姊面前的矮桌上。

百花沒應聲，直盯著一輝的雙眼，有些難以啟齒地問道：

「關心你的近況好像比較有趣……你跟那個『有點在意的朋友』發生什麼事了？」

「！」

姊姊的問題讓一輝頓時神情緊繃。

百花的眼眸充滿篤定，視線彷彿能將一輝貫穿。

一輝不禁有些退縮，但為了不讓百花發現內心的動搖，還是故作鎮定回答：

「為什麼這麼問？」

「……因為你的表情有點難看，跟『之前那次』很像。」

說完，百花垂下睫毛別開臉。一輝嚇得屏息，雙眼眨了眨。

「之前那次」。

就是被狠狠背叛的那段時期。

看來百花是站在姊姊的立場擔心弟弟。

所以一輝努力裝出開朗溫柔的嗓音說道：

「別擔心，沒那回事。我剛剛在跟他們討論要穿浴衣參加秋日祭典。之前沒穿過浴衣，我不知該怎麼挑選，所以……」

「……是嗎？」

「明天我們會一起去買。我資料還沒查完，先這樣。」

「…………」

加快語速拋下這句話後，一輝就拿著自己的那杯拿鐵離開客廳。

……他也知道這些話聽起來像藉口。

◇◇◇

過了晚上十二點，萬籟俱寂之時。

素顏、將頭髮束在腦後、戴著眼鏡的愛梨，還在房間的書桌前攤開課本專心讀書，但她手上的自動筆毫無動靜，筆記也空白一片。愛梨神情凝重，時不時發出「唉～～」這種苦惱的嘆息聲。

隨後，她用筆在筆記上畫出如蚯蚓般歪歪扭扭的痕跡又擦掉，左手壓著太陽穴不停轉動。與其說題目太難，更像是無法集中精神。

這陣子的愛梨每天都是這副模樣。

心底的傷口痛得厲害。

海童一輝。

以前為了防止被男生騷擾，愛梨請他當自己的契約男友。

起初是因為義憤填膺。

這個笨拙、善良又傻呼呼的一輝居然被大家貶為偷雞摸狗之輩，讓愛梨非常生氣。她無法原諒那些光是改變外貌就衝過來逢迎拍馬的傢伙，想讓他們好看。

想讓他們知道一輝真的是個很好的人。

有了這個計畫，才有這段充滿謊言的關係（契約）。

一輝將男友這個角色扮演得十分理想。

不論是在學校、放學後和附近的店家。

他總會完成愛梨的要求，在旁人眼中，他們應該是相當理想的情侶。如果說愛梨不想故意現給周遭的人看，那是騙人的。

因為要站在如此完美的一輝身邊，愛梨得努力充實自己。

但她想起一輝在國中畢業典禮那天告訴自己的那句話。

『這樣契約就終止了吧。我要去念比較遠的高中，妳以後也不必再受拘束了。感謝妳過去的幫忙。』

這個分手聲明和確認不帶一絲感情。

到頭來，愛梨只是在演獨腳戲。

一輝只是在利用她。

自己可能還陶醉其中。

結果根本沒有和一輝正面交心。

那時愛梨才終於明白，一輝平常在她身邊露出的笑容都是裝出來的。她永遠記得一輝那雙看破一切的混濁眼睛，裡頭根本沒有自己，什麼都沒有。假扮戀人時一定也是如此。

痛楚湧上胸口的那一刻，愛梨也理解了。

好想看看一輝初次和自己搭話那天露出的真實笑容。

但自己沒辦法讓他浮現那種笑容。

與此同時，愛梨也明確感受到自己對一輝的愛慕之情。

「我為什麼……嗯？」

這時，手機傳來收到訊息的提示聲。

她心想：「這麼晚了，會是誰啊？」往螢幕一瞥，看見百花的名字。

百花向來我行我素，在這種時間傳訊息給她也不是什麼怪事。

而且經常是「我看到一個超好笑的影片」、「有幾家感覺很好吃的鬆餅店被做成特輯介紹耶，好想去喔」這種可有可無的內容，偶爾是因為記不清開會時間和地點而來問愛梨。

這次又要說什麼啊——愛梨皺著眉頭點開手機螢幕，卻被上頭出乎意料的文字嚇得屏住氣息。

『可以跟我聊聊一輝的事嗎？』

愛梨的思緒頓時一片空白。畢竟她剛才滿腦子都是一輝，所以更驚訝。

以前愛梨會跟百花商量一輝的事，但百花從來沒問過，因此愛梨很難想像她會問什麼。

愛梨用顫抖的指尖輸入『怎麼了』、『真難得』等字，但打到一半又刪掉。思緒不停在腦海空轉，不知該怎麼回覆。

於是愛梨將手放在胸前，在狂湧而上的焦躁感驅使下按下通話鍵。

『…………嗨～～愛梨。』

「百百學姊，輝輝怎麼了嗎？」

『啊～～嗯，可能是我多想了啦，我也不太確定。』

「百百學姊！」

『！』

聽到百花在電話另一頭倒抽一口氣，愛梨才猛然回神。

她發現自己比想像中還要焦慮。百花難得會因為難以啟齒而遲遲不進入正題，她卻對百花的態度大聲喝斥。

「……」

『……』

一股尷尬的沉默迴盪在兩人之間。

可見愛梨的妒意遠超乎自己的想像。

這次愛梨發出「呃」、「那個」這些嘟噥聲後，才緩緩開口問道：

「……發生什麼事了？」

『沒什麼啦……可能只是我杞人憂天……』

「什麼意思？」

『啊～～嗯，他的表情有點難看……跟那時候很像。』

「……咦？」

『我在猜他是不是被高中的「朋友」欺負——』

「——絕對沒這回事，不可能。」

愛梨立刻打斷百花，跟她的聲音重疊在一起，彷彿不想讓她把話說完。

跟一輝的朋友實際聊過的感想，愛梨確定他的朋友不會貶低他人，從一輝最近的表情也能看出這一點。

不只是朋友而已。

愛梨想起前陣子和他們偶遇，被醉漢纏上的事。

當時她看見一輝對朋友充滿信任，還露出發自內心的真摯笑容，這些都是國中時期從未看過的景象。

沒錯，就是讓愛梨這個「假女友」束手無策的那種表情。

想必是因為……

他們之間的關係是「貨真價實」吧。

當時說自己有心上人的那個女孩忽然掠過愛梨的腦海。

她的個性相當真誠。

她一定知道如何表達心意，不像自己這麼笨拙。

那個女孩的心上人到底是誰——想到這裡，愛梨的胸口頓時感到刺痛。

各種猜忌和疑惑在心裡亂竄，難以言喻的不安與焦躁充斥著她的心房。

「好想做點什麼」這個念頭不斷鞭策著她，但「前女友」這個事實化為重擔壓在心頭。

這時，百花用無比嚴肅的嗓音對愛梨說道：

『我想見見一輝的朋友。』

第4話 隱瞞至今的祕密

週末的天氣讓人大汗淋漓，感覺只是徒有秋天之名，其實更像秋老虎那般炎熱。

通往車站的柏油路面緩緩冒出蒸騰熱氣，溫熱的風輕輕撫過臉龐。

「好熱……」

彷彿要將夏日最後一股熱氣全吐出來，熱力四射的太陽高高掛在蔚藍晴空。隼人不耐煩地瞪著太陽，將額頭上沁出的汗抹去。

假日的車站前充滿了熙來攘往的人潮。

所以就算沒特別約好集合地點，光是站在原地也很引人注目。

看到春希在售票機附近拿著手機東張西望，隼人便舉起一隻手彰顯自己的存在感，並開口喊道：

「春希，久等了。」

「啊，隼人……你一個人嗎？小姬跟沙紀呢？」

「對啊，她們好像有別的事，要直接約在那裡碰面。」

「哦？」

「先搭電車吧……啊，我先去買票。」

買完票通過閘口後，電車也進站了。

春希已經進月台，在她的催促下，隼人急忙衝上電車。

假日的車廂內有零星幾個空位，但剛好沒有雙人的座位，他們就直接待在車門附近，抓著扶手嘆了口氣。

「呼，趕上了。」

「雖然不用像小姬那麼誇張，但你怎麼不辦一張ＩＣ卡呢？我的ＡＰＰ還可以累積點數耶。」

「嗯～～這個嘛……」

春希疑惑地歪著頭問，隼人便搔搔頭。

已經被問過好幾次了，其實沒什麼原因。買東西的時候，他喜歡可以馬上確認花費和餘額的現金，去打工或探病時也常為了節省車費徒步前往，所以根本沒機會用。此外，因為對ＩＣ卡還不熟悉，他也會擔心盜刷這方面的隱憂。

隼人皺著眉思考該如何回答，春希一臉狐疑地盯著他。

「難道是覺得買了電動自行車之後，就不需要搭電車了？」

「呃，不是。我平常不會搭電車，所以沒有卡也沒差。」

「有的話很方便耶，你可以先辦啊。」

「嗯，或許吧，但很麻煩耶。」

隼人用「啊哈哈」乾笑帶過話題。

春希卻皺著眉繼續問：

「你說平常用不到，那電動自行車不也一樣？」

「唔，這倒是。平常徒步可達的距離就有很多店家了，又只能停在停車場，保養還得額外花錢，出門的時候還是搭電車比較好，便宜又方便。」

「哇，隼人，自己講這種話感覺很沒夢想耶〜」

「哈哈，可是——」

隼人說到這裡頓了一下，並將視線移向窗外。

隨後便在萬里無雲的西方藍天之下看見了富士山。

他看著眼前這一幕，緩緩說出心裡話：

題。

「有電動自行車的話，在今天這種日子就能臨時起意四處玩，想想就覺得很興奮耶。」

沒什麼特別的理由，他也知道這些話很孩子氣，而且連自己一個人能騎到多遠都是個問題。

只要有心，感覺天涯海角都能去。算是一種護身符的概念吧。

——如果重要的人在某處發生意外，也能馬上趕過去。

所以隼人有些害羞地哈哈笑了幾聲，春希也跟他一起看著富士山低喃：

「這樣啊——哈啾！」

這時，春希打了個可愛的噴嚏。

「還好嗎？」

「嗯，沒事，這裡好像會被冷氣直接吹到。我有帶外套。」

春希搓了搓手臂。她穿著休閒的無袖針織棉上衣和格紋裙，跟隼人一樣是夏裝，但手上拿著一件薄外套。披上外套後，她在隼人面前轉了一圈。

「如何？這是之前跟小姬她們去買的。」

「……感覺一下子就變得很秋天呢。」

「對吧？今天太熱了，我還在猶豫要不要帶外套。」

「是喔？」

包含這一點在內，他覺得女孩子的穿搭思維真是不容易，簡短地回了一聲。春希立刻聳起肩教訓他：

「隼人，你也可以試試時髦的穿搭啊。」

「就算妳這麼說……我覺得現在沒什麼問題啊。」

「嗯～～打扮得跟平常不一樣，周遭的反應也會改變，感覺很有趣啊。你也常常被我嚇到嘛。」

「唔。」

和春希重逢以後，隼人確實經常被春希的百變姿態嚇一跳。但他也聽出了春希話中隱含的調侃，所以微微皺起眉頭。

他試著想像自己為了給春希驚喜，精心打扮的模樣。

然而他至今都過著和時髦二字無緣的生活，憑他的想像力頂多只能想出自己穿著綿羊玩偶裝的樣子。他也知道這種驚嚇的方向不太對，於是眉頭皺得更深了。看著隼人的表情，春希不禁苦笑。

聊著聊著，兩人也到達了目的地車站。

前後左右錯綜複雜的廣闊車站內，依舊有眾多人潮穿梭其中，朝各自的目的地走去。

今天的集合地點並非平常的鳥類裝置藝術，而是與車站共構的百貨公司入口，是姬子指定的。

這已經是第幾次來到這裡了呢？雖然還沒摸透整座車站的結構，他已經慢慢習慣都市的步調，就算是沒去過的地方，也能遵循導覽圖的指示跟著人流順利前往。

兩人不費吹灰之力就抵達目的地。

隼人放眼望向四周，想看看有沒有人到了，身後就傳來「嗨」的搭話聲。

「隼人、二階堂同學。」

「喔，一輝。」

回頭一看，只見一輝有些慌張地跑了過來，後面還有個一臉遺憾的女子，感覺是年長幾歲的豔麗姊姊。從一輝如釋重負的表情來看，應該是順利擺脫了。

隼人和春希心想「又來了」，互看一眼並露出苦笑。

「你還是這麼辛苦耶。」

「啊哈哈，真傷腦筋。二階堂同學，妳一個人走在外面也經常被搭話吧？」

「我才不會犯這種失誤呢。」

「對啊，春希基本上都窩在家裡不出門。」

「隼人～～！」

「啊哈哈，感情還是這麼好。」

春希遭到背叛般大吼一聲，一輝驚訝地瞪大雙眼，隨後溫柔一笑。笑了一會，他看了看周遭問道：

「喔，只有你們兩個嗎？」

「嗯，我們也才剛到——哦？」

這時，隼人從街上迎面而來的人群中看見伊織和惠麻的身影。

他舉起手示意，舉到一半卻停了下來，將差點說出口的話吞了回去。

「第一次用一樣的東西耶。」

「有點害羞。」

「但我很開心。」

「……我也是。」

「嘿嘿嘿。」

「呵呵。」

兩人手牽手，說著簡短甜膩的情話。從兩人過去的互動來看，算是滿大的變化與進展。上次那件事一定讓他們深切體會到「要說出口才能傳達心意」的重要性了吧。

只見伊織和惠麻不時將掛在雙方包包上的成對烏龜鑰匙圈拿在手上，滿臉通紅地笑著，視線對上後又害羞地別向一旁。看來是剛剛先到之後去買的。

總之兩人十分恩愛。看到他們如膠似漆，身為朋友當然想獻上祝福，但兩人不斷散發出光看就會讓人胃食道逆流的甜蜜氣息。

……甚至讓人不知道該不該上前搭話。

看到隼人的臉頰頻頻抽動，春希和一輝也疑惑地轉過頭，隨後聳起肩膀，表情像是吃到甜死人不償命的東西。

「——啊。」

「！」

「嗨、嗨。」

這時，他們和伊織對上眼了。

伊織臉上忽然又多了幾分羞恥，惠麻也嘀咕著：「這是、那個……」並用另一隻手摀著臉頰轉過身去。隼人回以一言難盡的苦笑。

現場氣氛變得有些尷尬。

與此同時，眾人又聽見「啊～～！」這個異常亢奮的尖銳叫聲。從百貨公司方向現身的姬子看到伊織和惠麻後，立刻衝了過來。

「呀～～好恩愛喔！惠麻學姊好閃！天啊，這就是十指緊扣嗎！」

「呃！妹妹！」「姬、姬子！這、這是……」

「哇，包包上這個該不會是情侶款吧！成對的嗎！」

「這、這是阿伊提議的，他想跟我用一樣的東西……」

「啊，等等，惠麻！」

「呀～～！」

聽惠麻這麼說，姬子的興奮指數又往上攀升。

惠麻雖然害羞，心情卻好得不得了；伊織則有些畏縮。

隼人他們見狀，也看著彼此苦笑起來。

對了，怎麼沒看到另一個人——沙紀的身影，照理說她應該跟姬子在一起。正當眾人納悶之際，下一秒就聽見沙紀有些焦急地喊著：「小姬，等等我～～」看來是姬子發現伊織和惠麻後就先衝過來了。

隼人對妹妹這種行為感到頭痛，同時往沙紀聲音傳來的方向望去。

「沙紀……咦？」

他不禁發出怪聲。看到往這裡過來的女孩，他不可置信地張大嘴巴，震驚得雙眼眨個不停。

「小姬，妳也真是的……啊，我們好像是最後到的，各位等很久了嗎？」

「不，那個……」

這個人應該是沙紀，聲音也一樣。雖然覺得有點失禮，隼人還是忍不住盯著她看。

眼前這位氣呼呼地鼓起臉頰的少女跟個性乖巧穩重的沙紀完全不同，打扮十分俏麗。

她將亞麻色的微捲髮綁成公主頭，身上的針織露肩上衣和迷你裙下露出了白皙透亮又纖瘦的肩膀與修長大腿，這些以往深藏不露的部位令人目眩神迷，感覺好像看到了不該看的東西。妝容也精緻完整，鼻梁線條比以往挺立突出，更增添了俏麗感。

清新脫俗的高雅美少女簡直像體現了「都市」二字。

隼人不禁啞口無言看得入神。除了他以外，春希和一輝也同樣驚訝。

看了隼人他們的反應，沙紀似乎有些不安，表情頓時蒙上一層陰影。

「那個，很……很奇怪嗎？」

「！啊，呃……」

沙紀帶著幾分憂慮的嗓音讓隼人回過神來，連忙開口解釋：

「呃，我嚇了一跳。髮型跟平常很不一樣，非常適合妳。那個，服裝也跟過去的形象差很多，活潑又俏麗，我覺得……很好看。」

他本想像平常那樣說話，不知為何變得語無倫次。

「！謝謝你的讚美！太好了！」

隼人這番話讓沙紀立刻笑逐顏開，還像孩子般將手握在胸前，開心地晃動身體。

不知是慌張還是其他情緒所致，隼人的心臟從方才就瘋狂跳動，過去未曾有過的感情在胸口劇烈翻騰。

隼人發現自己臉紅了，害羞地別開視線，結果和春希對上眼。

「看吧，隼人，打扮的威力很驚人吧？」

「是、是啊……」

春希露出燦爛無比的笑容，再次看向沙紀。

「沙紀，妳穿這樣真的超可愛！好適合妳！」

「嘿嘿嘿，我想多方挑戰看看。都搬到都市了嘛～」

「嗯嗯，形象跟平常完全不一樣，但這種感覺也很棒！又有反差感。雖然不像隼人剛才那麼誇張，我也嚇到不知該說什麼才好了。」

「啊哈，那算是整人大成功嘍！」

說完，沙紀靦腆一笑，轉了個身。

恢復冷靜後，一輝也對沙紀說道：

「村尾，妳很適合這個裝扮，我嚇了一大跳呢。變得判若兩人，心情也會差很多吧？」

「！對呀！我覺得比平常雀躍，心情也很亢奮，好像不是原本的自己了……！」

「受到外表影響，個性也跟著改變的感覺？」

「沒錯！」

「……以前有個女孩子也是這樣，最終變成了夢想中的自己。村尾，妳也成為心目中的自己了嗎？」

「唔咦！」

這次換沙紀眨眼睛了。

她慌張地往這裡偷瞄，支支吾吾地說著「呃」、「那個」。一輝則面帶微笑，不知是在默默觀察還是在捉弄她。

隼人實在看不下去，只好伸出援手。

「總之先去會場吧。」

星期日的市中心充滿遊樂和購物的人潮，好不熱鬧。

所幸大多數人似乎都跟他們一樣要去Shine Spirits City，步道的人流自然就往那個方向前進，移動時相當方便。

走在一旁的姬子卻明顯露出被熱氣擊倒的痛苦表情，埋怨道：

「好熱……今天太熱了吧……」

姬子的服裝是主打泡泡袖的柔和色系厚料上衣，配上窄版長裙，稍微著重於成熟的秋日風格。她從剛才就不斷叨唸著「為了時尚要忍耐、為了時尚要忍耐」這種自我暗示的咒語。

隼人沒有對這樣的妹妹表達同感，冷冷地瞇起眼看她。

「那妳就穿涼爽一點的衣服啊。」

「啥，哥，你不懂啦！麻煩你看看一輝學長！」

姬子這麼說，並用眼神往一輝的方向頻頻示意，於是隼人重新審視一輝的穿搭。

統一使用單色系的簡樸上衣和錐形褲，營造出清爽的感覺，讓身型修長的一輝看起來更加成熟。此外，腳上的帆布鞋色調讓人感受到秋意，隼人看了也忍不住讚嘆。
發現他們在聊自己後，一輝面帶微笑說：
「哈哈，謝謝。姬子今天的穿搭還是很可愛，很適合妳喔。」
「呵呵，一輝學長嘴巴還是一樣甜~~……真是的，如果哥有一輝學長一半的流行敏銳度就好了。你看，哥今天一點季節感都沒有！」
「……不好意思喔。」
這套跟盛夏沒兩樣的穿搭被姬子狠狠批評，隼人面有慍色地皺起眉頭。
跟一輝對上視線後，只見他一臉為難地聳聳肩，然後露出想到某種壞點子的笑容。
「是啊，隼人不是為了自己，而是為了周遭——這麼想可能比較貼切喔。」
「為了周遭……？」
「就是在大家都幹勁十足的時候，只有一個人很散漫，就會削弱其他人的幹勁吧？」
「唔，這個嘛……」
這說法有點道理。
姬子似乎也同意一輝，點頭如搗蒜。
「隼人也是一塊璞玉呢。」

「一輝學長，麻煩你下次幫哥挑一下衣服吧！」
「也想順便帶他去髮廊啊。」
「！不錯耶，給他來個徹底大改造！」
「隼人的話，說不定──」
「咦？可是哥應該──」
「……」
不知不覺間，姬子和一輝開始狂聊改造隼人的話題。
隼人覺得有點害羞，也不想參與這個話題，所以往後退了一步。
沙紀則是在聽伊織和惠麻平常的相處點滴，還不時發出高亢的尖叫聲。看來沙紀很喜歡聽別人的愛情故事。
他試著觀察周遭。
雖然今天跟以往一樣炎熱，來往行人的色調感覺都變得柔和許多，一定很多人跟姬子一樣換上入秋的服裝了吧。
隼人看看自己的裝扮，想起一輝剛才說的話。
原來如此，自己穿得跟夏天沒兩樣，懂的人看了或許真的會覺得有點奇怪。

他偷偷看了一眼走在身旁的春希。

在如此混雜的人潮之中，她端正的五官不時會引人回頭多看一眼，存在感十分強烈。若要以「搭檔」的立場站在她身旁，至少得注意最基本的儀容吧。

往後可能得在這方面多加留意——但具體該怎麼做，隼人根本毫無頭緒，於是苦惱地皺起眉頭。這時他發現春希抓起一撮頭髮仔細端詳，表情十分嚴肅。

「春希？那個……頭髮有分岔嗎？」

「……不是啦。」

隼人疑惑地開口問，春希卻用略顯煩悶的嗓音回答，還發出有些傻眼的嘆息。

隨後她緊皺雙眉，用指尖搓弄頭髮，猶豫不決地說：

「我在想，如果我去漂髮會怎麼樣。」

「妳要換髮色嗎……？」

聽春希這麼一說，隼人便目不轉睛地盯著她的頭髮看，那是一頭烏黑亮麗的直順長髮。

再次相遇後，這頭長髮對春希目前的清純風格有很大的貢獻，可以算是個人特色，因此要想像她換成其他髮色不太容易，應該會變得判若兩人吧。

所以隼人皺起眉頭，直接將感想說出口。

「好難想像喔。」

「是嗎？」

春希回了個曖昧的笑，視線集中在沙紀身上。

看到「今天的沙紀」之後，她可能有些想法吧。

隼人似乎能明白她的心情，於是他搔搔頭再次轉向前方，清了清喉嚨。

「但我還滿喜歡妳現在的頭髮。」

「…………咦？」

留下這句話後，隼人就將春希的驚呼拋到腦後，追上姬子他們的腳步。

一行人抵達目的地。

隼人他們眼前的開闊場地是Shine Spirits City的展廳。

遠遠就能看到寫著『今年夏天最後一場清倉特賣會！』的巨大顯眼橫幅，此處擠滿了女性顧客。

以前來的時候，隼人也被這裡的人潮嚇到，今天比當時還要熱鬧。原來如此，既然有這麼多人潮，與其選擇專賣店商圈，還是辦在這個活動展廳比較合理。

「「「……好驚人喔。」」」

隼人、姬子和沙紀這月野瀨三人組不禁如此讚嘆。

放眼望向周遭人群，全都是虎視眈眈的女性顧客。大家都像尋獵寶藏的獵人，散發出蓄勢待發的緊繃氣息。

這就代表特賣會已經變成戰場了，隼人緊張地嚥了嚥口水。

但跟恐懼的隼人不同，姬子、沙紀和惠麻反而燃起了鬥志。

「別在這裡發呆了！沙紀、惠麻學姊，準備行動！」

「嗯，趕快出發吧，小姬！不快一點的話，好東西就要被搶光了！」

「阿伊，等等在這邊集合吧！我得去挖寶了！」

「來，小春也快跟上～～！」

「咪呀～～！」

跟隼人一樣有點害怕的春希被姬子連拖帶拉地帶進會場。

被女孩們的鬥志嚇傻的隼人、一輝和伊織男生三人組，這才回過神看著彼此露出苦笑。

「我們也去看看吧。」

「好啊，幸好不用陪她們逛。」

「哈哈，惠麻也是一開買就沒完沒了。」

於是三人不約而同地往會場走去。

特賣會會場展廳內被擠得水洩不通。

空間經過清楚的區域劃分，各式各樣的店家櫛比鱗次，十分壯觀，似乎還有City專賣店商圈以外的品牌進駐。

感覺一不留神就會撞到來往行人的肩膀，但隼人還是忍不住東張西望到處觀察。

除了隼人，一輝和伊織也好奇地環視四周，可見這場活動在都市也算是相當大的規模。

光是觀察浴衣專區，就能看到五花八門的店家風格。有素色款、色調淡雅的可愛款，還有主打奇特花紋和華麗繽紛的款式。

原來如此，這就是各家品牌的差異吧。

夏裝、陽傘、涼鞋、帽子和扇子等小配件也應有盡有。

光看就覺得大飽眼福，感覺稍微能理解姬子她們興奮的原因了。

隨後，三人來到主打男裝的專賣區。

雖然跟其他地方相比客人較少，但也十分熱鬧。

「哦，那是什麼？」

伊織一看到入口處的假人模特兒就衝上前去，隼人也連忙緊跟在後。

「嗚哇，超浮誇的耶……歌舞伎系列專區？」

「旁邊的就比較素雅，原來是武士和浪人專區啊……啊哈哈，確實有這種感覺。」

「這邊是情侶裝專區……伊織，要不要看看？」

「嗚嗯！我哪敢穿啊！」

「哎喲～機會難得，試試看啊。」

「那隼人，你有辦法跟二階堂同學一起穿嗎？」

伊織指著某個假人模特兒這麼說。那套以白色和橙色的圓格紋裝飾，男生穿起來稍嫌可愛，但應該很適合春希。

隼人試想自己和春希穿情侶裝的畫面。

就像在跟大眾宣稱兩人感情有多好。他馬上就能想像春希雖然害羞，卻會露出平常那種淘氣笑容，越來越起勁的模樣——想到這裡，他急忙搖搖頭。

「……抱、抱歉，我沒辦法。」

「哈哈，對吧？」

「而且為什麼是我跟春希啊……我們只是兒時玩伴。」

「咦？」

「怎、怎樣啦。」

聽到隼人脫口埋怨，伊織不敢置信地瞪大雙眼。

隨後他露出恍然大悟的表情，嘴巴勾成彎月的形狀。

「還是跟小巫女一起穿？」

「啥！」

被伊織這句話影響，隼人不禁想像和沙紀穿情侶裝的畫面。

心跳瞬間加速。

如果是以前，不，正確來說是到前陣子為止，腦海中的沙紀應該會露出高雅又爽朗的微笑，就像跳神樂舞時那樣。

但不知為何，隼人卻想像了她雙頰羞紅的靦腆笑容——因此他用雙手往自己的臉頰狠狠一拍。

「隼、隼人！」

「好痛～～！」

腦袋頓時亂成一團。

難以形容的某種感情和刺痛胸口的些微罪惡感同時在心底猛烈翻騰。

於是隼人急忙用視線掃過店內，想敷衍帶過似的說：

「不、不過，種類真的很多耶。」

「……確實比想像中多滿多，害我不知該從何選起。」

「我對這方面不太熟……對了，一輝呢？」

「奇怪，他跑哪去了？」

還以為他一直跟在旁邊，結果卻不見人影。

兩人疑惑地往店內繼續走，馬上就找到人了，但他們不知該不該上前搭話。

「…………」

一輝用十分嚴肅的眼神打量掛在衣架上的浴衣。

不時還停下手，皺起眉頭。

那麼認真的表情，恐怕在他練球時也沒見過。

當他拿起其中一件浴衣後，伊織才終於開口問道：

「一輝，你要買那件嗎？」

「啊，是伊織跟隼人啊。沒有啦，這只是其中一件候選……你們看。」

「「！」」

說完，一輝就把腳邊的購物籃拿起來。

籃子裡裝的浴衣都快滿出來了。他在這麼短的時間內就挑了這些嗎？

隼人和伊織驚訝地狂眨眼睛。

一輝不顧他們的反應，笑咪咪地從籃子裡依次拿起浴衣攤開，硬塞給兩人。

「隼人，這件怎麼樣？我覺得這種明亮色說不定很適合你，花樣也選時髦一點的比較好……來，還有這件。」

「喔、喔。」

「伊織，你穿這種暗色系配浮誇圖案的如何？或是這種有點可愛的設計，應該也會挺好看的。這件……喏，還有這件。」

「是、是嗎？」

隼人和伊織有些畏縮。

一輝的眼睛卻綻放著閃亮光芒。

他一定很喜歡做這種事吧。

老實說，一輝遞給他們的每件浴衣都超有品味，如果是隼人自己挑，一定沒辦法挑出這幾種款式。

伊織似乎也有同感，只見他口中唸唸有詞，開始評定一輝幫他選的浴衣。

「原來如此，機會難得，我就從這裡面挑一件好了。」

「我也比照辦理吧。謝啦，一輝。」

「不客氣。」

聽到兩人道謝後，一輝才鬆了口氣，隼人看了也不禁苦笑。

「對了，一輝，你選好了嗎？」

結果一輝有些苦惱地皺起眉頭說：

「其實我還在考慮。不會出錯的基本款，雅致穩重的風格，又想試試稍微凸顯性格的款式……連方向都不確定。隼人，你覺得哪種比較好？」

「……好難選喔。」

隼人只是單純好奇才問的，他極度缺乏穿搭經驗，根本無法回答。而且一輝應該穿什麼都好看吧。

但一輝都把選擇權交給他了，他也不好意思老實回答「哪件都行」。

兩人一臉困惑地看著彼此時，隼人忽然有種似曾相識的感覺。

他立刻找到原因，恍然大悟的同時也不經意將這個念頭化作言語脫口而出：

「啊啊，一輝，你這樣有點像姬子耶。」

「！是、是嗎？」

「我們在家裡經常上演類似的對話。」

「這、這樣啊……」

一輝感到震驚，看起來有些動搖。

看到他的反應，隼人才發現把同性友人比喻為妹妹的說法有些不妥，於是一臉尷尬地搔搔頭。

他還在思考如何圓場時，伊織滿臉疑惑地加入話題。

「可以幫我出個主意嗎？我是不是該買這件啊，感覺跟惠麻會選的款式比較搭。」

「噢，這件應該不錯。」

「是嗎？惠麻應該會選沉穩的色調，我就買這件暗色系的吧。誇張的花紋也帶點玩心，感覺不錯。」

伊織挑選自己的浴衣，「嘿嘿嘿」地笑得十分滿足。

隼人有些感佩地說：

「伊織，你很了解伊佐美同學的喜好耶。」

「畢竟我們認識很久了啊，今天這套衣服也有特別留意喔。隼人，你也猜得到二階堂同學會選什麼款式吧？」

「……春希的思路都會馬上跳到想搞笑、讓人嚇一跳的方向，所以根本無法想像她會怎麼選。」

隼人聳聳肩這麼說，兩人也「啊哈哈」地笑了起來。

笑了一會，一輝又拋出疑問轉換話題。

「那你覺得姬子會怎麼挑？」

「這個嘛，她很愛追流行，應該會是那一類的吧。但她最近可能會選不太好駕馭的風格？好像是不想被當成鄉巴佬。」

「嗯……原來如此。」

隼人本來是想爆料妹妹的糗事博君一笑，一輝卻用手指抵著下巴開始沉思。

「我再去找找其他款式好了。」

「啊，喂，一輝？」

說完，一輝就往店裡走去。

隼人有些意外地看著他的背影離去，不知何時結完帳的伊織上前問道：

「對了，隼人，你要買哪件？」

「嗯～～該怎麼選呢……」

其實這幾件都難分軒輊。

但又不像伊織那樣可以馬上定案。

隼人皺著眉頭比較了一會，忽然發現一件事。

「好，就選這件。」

「哦，這件嗎？」

「對啊，因為它最便宜。」

隼人用超認真的口氣表明原因後，伊織先是眨了眨眼，接著放聲大笑。

「……噗、啊哈哈哈哈哈哈！真有隼人的風格。」

「少囉嗦！」

◇◇◇

沙紀眼中的展廳會場只有「華麗」一詞可以形容。
萬紫千紅、百花撩亂、優劣難分。
放眼望去，會場內陳列的各式浴衣就像盛放的嬌豔鮮花。
沙紀和姬子彷彿被這些魅力十足的花朵吸引的蝴蝶，為了挑選浴衣四處飛舞。
順帶一提，由於賣場實在太大，她們決定分成國中組和高中組分開逛。
「沙紀，這件怎麼樣？」
「哇、哇，這也很可愛耶～雖然有點太甜美了，今天這種髮型應該滿適合的～？」
「還有還有，這件如何？」
「唔唔唔，感覺好花俏喔……但祭典是傍晚才去，天色應該很昏暗，這種誇張的款式可能還不錯？」
「啊！那件應該也很適合！」
「設計有點奇特，但也可以挑戰看看……畢竟是祭典嘛……好猶豫喔……」
「啊哈，今天的沙紀跟平常感覺很不一樣，忍不住想讓妳多方嘗試搭配呢～總之把這件也列入候選吧？」

「啊哈，好呀～」

姬子的情緒比以往亢奮，沙紀從她手中接過浴衣，放進腳邊的購物籃，而另一個購物籃也裝滿了候選的浴衣。這已經是第三個了，全都是跟姬子一起挑來要給沙紀穿的衣服。

沙紀心想「好像拿太多了」，不禁苦笑。

「不過候選也堆了不少耶～」

「確實該篩選一下。」

這裡有太多好看的設計了。

每一件的確都很吸引人，但也不可能全買下來，要從中擇一也很費神。

這時，沙紀發現了一件事。

「對了，小姬──」

「啊！那件感覺也不錯！」

「──啊。」

沙紀話還沒說完，姬子又看見觸動心弦的商品，一溜煙就跑進另一間店。

沙紀本想追過去，但看到腳邊那三個滿滿的購物籃，覺得不能丟著不管，於是決定留在原地。

她雀躍地移動到附近的全身鏡前，將各式各樣的浴衣放在身上比對。

「呵呵，好不像我喔。」

她忍不住輕笑出聲。

一個是以粉色調為特色，強調稚氣感的少女風品牌；一個是用極為誇張的超大彼岸花做重點搭配，採用亮色系的辣妹品牌。若是以前的自己，絕不會挑手上這兩種款式。儘管覺得這些風格跟自己無緣，但又比想像中好看，感覺也不錯。

她又嘗試了其他款式。

映在全身鏡中的女孩都不像月野瀨的沙紀那般俗氣，每個都花俏又可愛，讓沙紀覺得好不像自己，甚至誤以為是隔著鏡子在看別人。

她忍不住心想：隼人會有什麼反應呢？

幸好今天的打扮讓他嚇了一大跳。

但他喜不喜歡又是另一回事。雖然覺得這身打扮還不錯，沙紀還是想迎合他的喜好。

「……與其說哥哥有什麼喜好，他好像不會特別留意這種事。」

沙紀喃喃自語，有些為難地皺起眉頭。

如果問她討不討厭以前的自己，答案當然是不會，用「選擇性變多」這種說法或許較為貼切。所以她才十分苦惱，不知該如何選擇。
這時，那個女孩的身影忽然掠過腦海。
目前這些成果，都要感謝當時「那個女孩」給的各種建議。
畢竟她嘗試過各種自我改造，如果找她商量現在這個狀況，她應該能提供不錯的點子。
除此之外，沙紀也想為上次的事跟她道謝，還想跟她聊聊心上人的話題。彷彿自己的鏡中倒影的那個女孩深深烙印在沙紀的腦海中，揮之不去。
可是沙紀和她的相遇純屬偶然。
能和她再次碰面的機率會有多高呢？
「——啊。」
所以，當沙紀看到某個跟她很像的女孩東張西望地從眼前走過，似乎在找人的樣子時，沙紀發出了難以置信的驚呼。
簡直一模一樣。
但也可能不是她。
說起來，沙紀只跟她講過幾句話。
自己這麼不起眼，她應該早就忘了，這種想法比較合理。

對內向怕生的沙紀來說，跟沒什麼交集的陌生人搭話這種事，過去根本想都不敢想。

儘管如此，身體還是受衝動驅使而動了起來。

「請、請問！」

「！呃……？」

忽然被人搭話，她嚇得雙肩一顫回過頭，用困惑的眼神看著沙紀。沙紀心中頓時湧現出膽怯和羞恥，覺得自己可能認錯人了。

但若真是如此，道歉不就行了？沙紀決定大膽豁出去，丹田用力，就算說得語無倫次還是繼續說下去。

她能勇敢採取行動，一定是因為這身打扮（跟平常不一樣的自己）吧。

「那個，之前，在City……妳教我，穿搭跟髮型……還記得嗎？」

「……咦？」

起初女孩一臉不解地皺著眉微微歪頭，但沙紀把頭髮解開，用雙手將頭髮抓成像雙辮造型那樣後，女孩才立刻瞪大雙眼眨了幾下，錯愕地張大嘴巴。

「這、這段時間，我努力嘗試了……妳教我的那些知識……！」

「……妳、妳是那時候的！哇，好厲害……我完全沒認出來！」

「嘿嘿嘿，我也覺得自己不像自己了。那個，當時真的很謝謝妳！」

沙紀迅速將頭髮綁回原狀，向女孩低頭致謝。

「別這麼說，把頭抬起來！我做的那些事真的只是雞婆而已……妳卻能付諸實踐，這樣更了不起！」

說完，女孩有些落寞地垂下睫毛。

「可是！呃，我今天這身打扮之所以能讓他感到驚喜，都是妳的功勞啊！」

「啊，妳喜歡的人嗎……」

「是、是啊。」

沙紀點點頭，臉上泛起羞澀的紅暈。

女孩嘴裡咕噥著什麼，露出有些焦急的神情。

「……」

「……」

現場瀰漫著有些尷尬的氣氛。

兩人偷偷看著彼此，思考下一句該說什麼。

「「那、那個！」」

結果聲音忽然重疊，兩人互看一眼。

「噗呵。」

「哈哈。」

她們不約而同地笑了起來。

「太好了，居然能再見到妳。那個，我想再跟妳聊聊其他話題，卻不知道妳的名字……啊，我是村尾，村落的村，尾巴的尾。」

「啊，我是佐藤，就是超常見的那個佐藤……那個，妳今天來買浴衣嗎？」

「是呀。這次我跟朋友要一起參加祭典，所以來買衣服，但我不知道該選哪一件……」

「原來是這樣……」

女孩說完便點點頭，全神貫注地仔細觀察沙紀全身上下，並將手放在嘴邊。

沙紀不習慣被人這樣盯著看，便害羞地動來動去。

隨後女孩「嗯」地清了喉嚨，露出十分嚴肅的表情，有些猶豫地用凝重的語氣問道：

「對了，那個，妳心儀的對象是什麼樣的人？」

「什麼樣的人……？」

「比如長相或個性……我想了解對方的喜好。因為我不知道他是不是妳學校的同學，年紀比妳大還是比妳小。」

「……啊。」

聽她這麼一說，確實有道理。

沙紀也不知道她的心上人是什麼樣子，所以就算她找自己商量這方面的問題，沙紀也只能給出沒什麼建設性的意見。

「是小姬……不，是兒時玩伴的哥哥。」

「朋友的哥哥……？」

「對。外表就像我之前那樣，還沒擺脫鄉下的土氣，說好聽一點算是純樸的感覺吧……啊哈哈，畢竟我們都剛從鄉下搬來都市嘛。」

「這樣啊……」

沒錯，沙紀終於從過去那個似近似遠的地方踏出一步，來到那個人身邊了。

雖然希望他能用異性的眼光看待自己，但這裡還有朋友(春希)和摯友(姬子)在。更無奈的是，過去自己在他心中的地位只是妹妹的朋友，可說是前途多舛。

所以沙紀才想尋求女孩的幫助。

女孩溫柔一笑。

「妳一直在他身邊吧？那從過去的既定印象下手吧。」

「從過去的既定印象下手……？」

「是啊。待在身邊久了，印象也會定型，所以營造出跟過去有點像又不太像的氛圍，應該會讓他怦然心動。順帶一提，妳有平常喜歡穿的顏色嗎？」

「我想想，紅跟白吧……就是巫女服啦。」

「……巫女服？」

「那個，因為我是鄉下神社的巫女。」

「巫女？」

「呃，就是這個。」

「！這是……！」

女孩對「巫女」這個陌生詞彙感到疑惑，沙紀便將手機裡的平日穿著和祭典時的照片拿給她看。

女孩頓時杏眼圓睜地說：「原……原來真的有巫女啊……」來回看著手機螢幕和沙紀的臉。隨後她瞇起眼睛，在腳邊的購物籃裡物色了一番，拿起其中一件浴衣交給沙紀。

「這件如何？跟過去的印象有落差——髮型也配合調整——」

「啊，原來如此！那腰帶就選——」

兩人面對面開起作戰會議。

有了具體實例後，女孩的建議變得非常精確，讓沙紀大開眼界。

萬分感激的沙紀忍不住牽起女孩的手。

「好厲害，真的好厲害！這套搭配一定能顛覆我過去的印象！」

「呵呵，我也會幫妳祈禱一切順利……啊，對了，要不要交換聯絡方式？如果有浴衣方面的問題，可以隨時找我。」

「可以嗎！」

「當然，我才要問妳方不方便。」

「那就麻煩妳了！呃，我記得是這樣……」

沙紀不太熟練地操作手機，跟女孩交換ＩＤ之後，為數不多的通訊錄中便多了「佐藤愛梨」這四個字。

感覺真不可思議，畢竟她不是鄰居，也不是學校同學，這讓沙紀的心非常雀躍。因為都市來往的每個行人都對他人漠不關心，這種感覺也就更加強烈。

沙紀露出心滿意足的笑容，再次看向手機螢幕上顯示的女孩姓名——佐藤愛梨，卻覺得有點不對勁。

「奇怪，這個名字——」

「喂～沙紀～～！」

「小姬！」

「咦，這個人是誰啊……嗯？」

與此同時，姬子回來了。

看到沙紀跟女孩相處融洽，姬子十分好奇地在女孩周遭繞來繞去，用燦爛無比的雙眼仔細觀察。於是她的動作越來越僵硬。

「呃，這位是佐藤。」

「啊，妳好，敝姓佐藤。」

「……咦？」

聽沙紀介紹女孩後，姬子的表情徹底僵住，還難以置信地瞪大雙眼。

雖然知道這樣很失禮，但為了再次確認，姬子還是用打量般的眼神盯著女孩，害女孩也渾身不自在地縮起身子。

隨後，女孩忽然發現什麼似的開口問道：

「啊，對了！妳們有跟那個黑長髮的美少女一起來嗎？上次多虧她幫忙解圍。」

「咦？春希姊姊嗎……嗯，她也有來。」

「我、我跟學姊想見見她，而且她幫了我，我卻沒有任何表示……」

「……啊啊。」

當時被醉漢纏上時，第一個衝過來幫忙的就是春希，她當然會想跟春希道謝。

所以沙紀立刻答應——但話還沒說出口，姬子忽然張大嘴巴問道：

「難、難道妳是佐藤愛——」

『『『呀————————！』』』

結果某處忽然傳來足以撼動大地的歡呼聲。

◇◇◇

另一方面，稍早前。

春希和惠麻在放眼望去全是浴衣的閃亮大海裡四處漂流。在多彩多姿、各不相同的選項中，她們實在不知該如何挑選，感覺快要溺水了。

每件浴衣看起來都不錯，要從中選出最適合的一件，應該比在大海中找到放了信紙的漂流瓶還要困難。

（穿制服都不用思考，所以才輕鬆吧。）

春希不禁輕笑自嘲。

和隼人重逢，被姬子唸了一頓後，最近她會在穿搭方面多花點心思，周遭眾人的反應也不賴。

但春希打扮時的選擇基準絕大部分是以如何嚇唬或調侃隼人為出發點。

如果是跟打扮無關的平日穿著，比如今天這身搭配，說好聽點是休閒風格，說白了就是毫無個性可言的基本款。

畢竟她心目中沒有一個具體想達成的理想形象……跟沙紀不一樣。真要說的話，可能是「乖寶寶」吧？

春希輕輕搖頭，想像自己將映入眼簾的各式浴衣穿在身上的樣子，並在腦中思考隼人會給出什麼感想，結果得到的答案是「哪一件都可以」。感覺這一幕真的會上演。

春希一臉為難，就像隼人問自己晚餐想吃什麼，自己回答「隨便」時一樣。

（這種時候，如果對方能給出具體的要求，確實比較輕鬆。）

她深深嘆了口氣，看向在一旁挑選浴衣的惠麻。

惠麻的表情非常認真，甚至讓春希猶豫該不該出聲喊她。

她盯著惠麻一會，發現惠麻從剛才拿的浴衣取向相當極端，不是雅致穩重的風格，就是超級花俏的款式。

雅致穩重的風格很好理解，應該能替高挑修長的惠麻營造出成熟韻味。

反之，花俏款式可能也滿適合惠麻。然而這件肩頭大開還做成短裙造型，不只色調，整體設計都十分煽情，跟她平常的風格「很不一樣」。

看到春希一臉疑惑地皺著眉，雙頰通紅的惠麻才有些遲疑地說：

「那個，我覺得阿伊喜歡這種類型啦。」

「原來如此。」

「既然都要穿，我也想試試阿伊會喜歡的款式，但這種還是太誇張了，感覺像角色扮演，跟大家走在一起會很突兀吧。」

「啊哈哈，這倒是。」

春希和惠麻用困擾的神情看著彼此，露出苦笑。

老實說，依照她平常的風格，應該完全不會考慮這種設計浮誇的浴衣。她會這麼苦惱，表示她很想討男友伊織的歡心吧。

看到她現在也皺著眉頭「唔唔唔……」地唸個不停，春希甚至有點羨慕。

這時，春希從剛才對話中出現的「角色扮演」一詞得到靈感，「啊！」地叫了一聲。

「那這件花俏的款式，等你們在家或兩人獨處的時候再穿給他看呢？」

「什麼！」

「如果會在意周遭的目光，就在別人看不見的地方穿嘛。喏，妳看這個。」

「……哇！」

春希拿出手機給惠麻看，惠麻忍不住讚嘆。

螢幕上的照片是之前在隼人家辦睡衣派對時穿的角色扮演服。除了春希，沙紀和姬子也在。看到隼人戴著貓耳的照片，惠麻忍不住噴笑出聲。

這些都不是能穿出去的裝扮，在家裡才能這樣穿。即使如此，春希記得大家還是玩得很盡興。

回想起當時的情景，春希露出有些得意的微笑。

「對吧？」

「……嗯、嗯。可是……」

「可是什麼？」

惠麻一開始瞪大雙眼，之後又支支吾吾，反應不是太好。只見她滿臉通紅，嘴裡咕噥著「啊～～」或「嗯～～」的單音。

春希有些疑惑地心想：「我說的話有那麼奇怪嗎？」惠麻才怯生生地開口：

「這種設計，那個，裸露的面積很大……很性感吧？」

「啊，嗯，男生應該很喜歡吧。」

「那個，如果阿伊興奮起來，變成那種氣氛……要怎麼辦？」

「咦？啊～～嗯……嗯…………咪呀！」

這次連春希的臉都瞬間漲得通紅。春希根本不會想到這種事，但對惠麻來說算是合情合理的擔憂。

而且他們還是正式交往的情侶。雖說還在慢慢培養感情，但確實是一對戀人。醞釀的氣氛到位的話，一下子跳到「那個階段」也不是不可能，應該說機率非常高。況且交往期間總有一天會跨過那條線，只是時間早晚的問題。

惠麻現在還碎碎唸著「他會不會以為是我在勾引他？」「要是真的走到那一步，除了心理準備，是不是還得提前準備什麼？」這種會讓人聯想到兩人親密接觸的話，使得春希的思緒不斷沸騰。

再這樣下去腦袋可能會燒壞，所以春希硬是中斷話題。

「只、只是有這種可能性啦！對吧！」

「！說、說得也是！既然有這種方法，就先把這件列入候選吧！」

「呵呵！」

「啊哈！」

話題轉得有點刻意，幸好惠麻也搭腔了。

這時，惠麻也拋出另一個話題。

「對了，春希，妳不選浴衣嗎？」

「嗯～～我剛剛看了一些，但沒什麼頭緒耶。」

「啊～～種類很多嘛。」

「不僅如此，我以前對穿搭也不是很在乎，所以不曉得自己有什麼特別喜好……」

「這樣啊……那霧島同學會喜歡的款式呢……」

「嗯～～……」

春希也有從這個切入點思考過。

以往讓他見識過各種不同的裝扮，但都僅止於能成功嚇唬或調侃他的程度，所以春希完全不知道他的喜好。

春希露出尷尬的笑容，眉頭緊蹙，用搖頭回答惠麻的疑問。

兩人用苦惱的神情互看一會。

原本還在沉思的惠麻忽然問道：

「要不要試著找回初心？」

「初心？」

「比如回到你們剛認識的童年時期，如果第一次參加這種祭典，妳會用什麼心情選。」

「…………啊。」

一個念頭在腦海一閃而過。

春希試著想像。

還住在月野瀨的孩提時代。

如果要參加跟這次類似的祭典，約好傍晚碰面，自己——「春希」會選什麼款式呢？

她又想像現在的自己試穿各式浴衣的樣子，「春希」就忽然現身挑毛病了，讓她忍不住輕笑出聲。

「謝謝妳，惠麻，這樣應該可行。」

「呵呵，不客氣。」

「好，打起精神選衣服吧～～！……嗯？」

「是啊……奇怪？」

當春希重振精神往浴衣看去時，發現周遭變得異常吵雜，眾人目光都集中在她們身上。

她們顯然變成萬眾矚目的焦點。會場裡聚集了這麼多人，自然會吵吵鬧鬧。

儘管春希和惠麻的容貌出眾，終究也只是普通高中生，她們不明白為何會引來眾人的關切。

感覺不太舒服。春希看了看皺起眉頭的惠麻，跟她互相點點頭，決定盡速離開現場。

但就在這時，她們的肩膀被人抓住了。

「呀呵～～」

「！」「咦！」

有個莫名親暱的聲音喊住她們。兩人下意識回頭查看後表情一僵，完全愣住了。

身後有個渾身充滿可疑氣息的女孩子。跟她們同年嗎？還是年長幾歲？女孩將頭髮塞在報童帽裡，戴著有小鬍子的玩具鼻子眼鏡。不過從時髦的斜肩上衣露出的肩膀和熱褲底下延伸而出的雙腿如藝術品般勻稱，這種不協調的感覺更加凸顯出她的突兀感。不管怎麼看，就是個喬裝的怪人。

原來如此，出現這種怪裡怪氣的人，也難怪會引人注目，想不高調都難。

在春希認識的人當中，當然沒有她這號人物。

「惠麻，是妳朋友嗎？」

春希用假設的語氣詢問惠麻，惠麻卻只是用力搖搖頭，兩人都充滿困惑。

然而女孩緊緊抓著她們的肩膀，也不能裝作沒看到。

春希深深吐一口氣，小心翼翼地問：

「那個，我們是第一次見面吧？」

「嗯，對啊。」

「呃，找我有事嗎……？」

「我迷路了。」

「迷路？」

「偶爾經常會這樣，真傷腦筋。」

女孩用十分困擾的語氣這麼說。雖然很想吐槽到底是偶爾還是經常，但看得出她對目前的處境十分苦惱。

「呃，跟別人走散了？妳和誰一起來的？」

「嗯～跟媽媽。」

「……媽媽？」

「但她年紀比我小啦。」

「比妳小嗎！」

「嗯，雖然囉嗦又愛管閒事，但是很可靠喔。」

「妳能不能有點前輩的自覺！」

「喔喔……啊，爸爸也有一起來。」

「……該不會爸爸也比妳小吧？」

「嗯，沒有啦，他比我大很多歲，已經出社會了。他平常都靠跟女生搭話混飯吃。」

「說法太奇怪了！是說，這幾間店裡的人都符合這個特質吧！」

「喔～～真的耶。」

女孩拍了拍手。

春希忍不住大聲吐槽，聽到她的拍手聲才回過神來。她發現自己太大聲後，滿臉通紅地咳了幾聲。

「……總之，應該可以先用手機聯絡妳爸爸或媽媽，跟他們會合吧？」

「！天才！」

「不是，冷靜思考一下就會發現這件事吧！」

「我只顧著找人，所以沒注意到嘛。喂～～——」

女孩拿出手機打電話給某人，看來是個我行我素的人。春希用手按住疼痛的太陽穴，惠麻也對她苦笑，彷彿在說「辛苦妳了」。

真是個不可思議又讓人精疲力盡的人。

但春希沒有厭煩的感覺，不知是她的魅力還是個人特質使然。

「我打給爸爸了，謝謝妳的幫忙。」

「不客氣，下次別再走丟嘍。」

「我才不要。」

「喂！」

「呵呵，這個吐槽好像『媽媽』喔。」
說完，女孩將身子前傾，看著春希笑個不停。
她觀察春希好一陣子，接著環起手臂不斷點頭。
「嗯，合格。」
「啊？」
「其實我在找黑長髮的可愛女生。妳真的很可愛，還很會吐槽。」
「什、什麼……不客氣？」
「可是，妳真的是我在找的黑長髮可愛女生嗎？」
「我哪知道啊！」
「啊，剛剛那個很讚！好棒的吐槽，這女人真有趣。」
「實在不想被妳這麼說！」
「啊哈！」
女孩笑呵呵地豎起大拇指。
這會讓春希失控的人有種似曾相識的感覺。
「但我希望那個人就是妳。」

「咦？」

「謝謝妳陪我們家——啊。」

女孩深深鞠躬的瞬間，帽子和鼻子眼鏡也應聲落地。

女孩驚訝地抬起頭，露出了她的真實面貌。

居然是個美得讓人屏息的俏麗少女。

不只春希，惠麻和盯著她們的旁人都啞口無言，一股彷彿將現場掏出空洞的沉默籠罩了所有人，宛如暴風雨前的寧靜。

在如此尷尬的氣氛中，女孩「欸嘿」地吐出舌尖，用一隻手輕敲自己的腦袋。

這個從頭到尾都我行我素的女孩讓春希覺得不太對勁。

春希還來不及深究，刺耳的巨大歡呼聲就中斷了她的思緒。

「「「呀啊啊啊啊啊啊啊啊啊啊啊～～！！？！！？！？？」」」

讓人不禁閉起一隻眼、摀住耳朵的尖叫聲來襲，讓春希縮起身子，同時聽見大家尖叫的理由。眼前的女孩也嚇得雙肩一震，臉上滿是意外之情。

「ＭＯＭＯ！不會吧，那是ＭＯＭＯ嗎！」

「超級可愛，腿也太長了吧！」

「本人居然比雜誌跟網路上看到的還要可愛，太犯規了啦！」
「不是，她怎麼會在這裡！」
「有什麼活動嗎！而且她剛才還故意打扮得引人注目！」
MOMO。
開始會看時尚雜誌的春希也知道這號人物，她是目前當紅的人氣模特兒之一。
仔細一看，她的五官俏麗端正，比春希高一兩截的修長身材，曲線凹凸有致。原來如此，能理解她為什麼受歡迎了。
群眾對她忽然現身一事感到困惑，卻又充滿期待地躁動起來，不知道等一下會發生什麼事。惠麻也按捺不住地大喊：「咦，MOMO？騙人，什麼意思，這是怎麼回事！」
處在話題中心的女孩原先還有些不知所措，但她輕輕嘆了口氣，下一秒態度就突然立刻改變。只見她用一隻手搗著嘴邊，另一隻手用力揮動並高聲喊道：
「各位～～感謝你們今天來參加我們宣傳的特賣會～～」
她有些緩慢卻響亮的聲音打破了周遭吵雜紛亂的氣氛。
現場頓時一陣靜默。
幾秒後又爆出巨大歡呼聲。

「！」

可以看出她在這個瞬間支配了全場。

女孩輕巧地轉身再次面對春希，將身體湊近後盯著她。

「妳今天也是來買浴衣嗎？」

「咦？嗯，對啊。」

「是看了我們的廣告才來的？」

「嗯，所以我跟朋友一起來買秋日祭典要穿的浴衣。」

「好開心喔～～！」

簡直就像訪談類型的粉絲福利。

春希跟她的距離好近，如果是她的粉絲，搞不好會直接昏倒。惠麻現在的表情也充滿興奮之情。

不過也因為距離很近，才能看出她的視線焦慮地四處游移，完全不像剛才說話時那樣從容。

稍微恢復冷靜後，春希嘆了口氣並給女孩一個白眼。女孩露出苦笑，再次湊近她耳語：

「接下來要怎麼辦？」

「妳毫無頭緒？」

「我本來有喬裝啊，根本沒想過會穿幫。」

「不不不，那不是喬裝，是變裝了吧！」

「…………喔喔！」

「喔什麼啦！」

接著女孩態度一變輕笑出聲，似乎覺得很有趣。

春希將手放上額頭嘆了口氣，感覺從剛才就一直被她耍得團團轉。

這時，有人朝女孩大喊：

「MOMO小姐，準備就緒了！」

咦，什麼準備？不只春希，連女孩都震驚地歪過頭。她循聲望去，接著「啊！」地驚呼一聲。

「我馬上過去～～」

她舉起手回應。

是那個可靠的朋友還是工作人員嗎？女孩臉上寫滿了安心。

總而言之，情況算是順利解決了吧。春希鬆了口氣，女孩卻忽然抓住她的手。

「妳很有趣耶。」

「……啊？」

「跟我來！」

「咦？等、等一下！」

女孩不顧春希的驚訝，一把拉過她的手。就算春希出聲抗議，女孩也只是哼著歌說「沒關係沒關係」，將她的話當成耳邊風。周遭也頻頻投來好奇的視線。

——這樣下去太高調了。

春希有些忐忑地思考下一步該怎麼做，也考慮過該不該用力將手甩開。隨後眼前忽然出現某個明顯是人工搭建的開闊空間——看到站在那裡的男性，春希腦中頓時一片空白。

「呀呵～～櫻島先生，謝謝你的幫忙。是說，你居然能馬上變出這種舞台，也太厲害了吧？」

「我用驚喜活動的名義硬是請現場工作人員搭建的。與其引發騷動導致商品滯銷，不如反向宣傳聚集人潮。聽我這麼說，他們就爽快答應了。」

「喔喔～～不愧是爸爸，手段好骯髒。」

「……爸爸？」

「那要辦什麼活動？沒辦法臨時辦座談會吧，又沒有提供話題的主持人。」

「我在想要不要辦粉絲交流的歡唱會。如果第一個來唱的人怯場或失敗，整場活動就會報銷……但『她』應該沒問題。」

「！」

這時——以前在醫院還有佐藤愛梨的活動上遇過，名叫櫻島的男人對春希微微一笑，才讓春希回過神來。

女孩說了聲「來，拿去」便把麥克風遞過來，尚未擺脫驚訝和困惑的春希反射性地接了下來。

「妳會唱Captain嗎？」

「咦？啊，嗯，會一點……」

「那就這首吧。」

「……啊！」

少女笑容燦爛地這麼說，就拉著春希的手跳上舞台中央，向周遭群眾喊道：

『各位，你們要穿今天買的浴衣去哪裡呢～～？心中有沒有重要的人呢～～？為了替大家加油，請跟我一起唱吧～～！』

女孩說完這句話的同時，音樂也開始播放。這首是最近廣受年輕世代歡迎的偶像團體新歌，會場氣氛頓時被炒熱起來。

當春希發現自己中計時，已經來不及了。

錯過了拒絕的機會。

雖然被牽著鼻子走，她還是下定決心握緊麥克風。

『『笑笑不回答～～──♪』』

唱出第一句後，少女們的尖叫聲同時引爆，看來是成功吸引群眾的注意了。

這個會場有多大，聚集了多少人，站在舞台上就能一目瞭然。其中也能看見有人舉起手機錄影拍照，由此可見在她身旁唱歌的女孩有多受歡迎。

春希某種程度也算是習慣眾人的目光，但這種盛況還是超出她的預想。

能夠不怯場地唱出歌聲，或許是多虧了過去的「偽裝」。

居然和這麼受歡迎的女孩一起唱歌，這狀況簡直莫名其妙。

春希戴上微笑的面具，充滿恨意地瞪著站在舞台側邊那個用巧妙手段把她拉進這個狀況的男人。

男人發現春希的視線後，直接忽視並微微一笑，讓春希臉頰微微抽動。真受不了這個狡猾的傢伙。

『『——千夜之夢〜〜♪』』

MOMO越唱越起勁——可能有一半是在KTV唱歌的感覺，這種我行我素的調調也有點惹人厭。她的歌藝本身沒什麼特色，卻用盡全身力量開心唱歌炒熱氣氛，存在感十足，讓人明白為何整個會場都為之傾倒。

對即興座談會不抱期待，所以跟粉絲一起唱歌交流——真虧他能想到這種點子，這男人果然有一套。

因此春希也把戒心拉到最高點。

一定沒錯。

男人營造出這個狀況，春希一定也在他的計算當中。

——田倉真央。

男人曾經在春希面前提過這個名字。

他可能知道春希和田倉真央的關係，否則很多事都說不通。

雖然不知道他跟田倉真央有何關係，但他應該知道春希不清楚的某些內情。

若說自己不在乎，其實是騙人的。

然而現在被這個男人牽著鼻子走的狀況讓春希更為不滿。

他大概想讓春希在這裡引人矚目，計劃以此作為拉春希進演藝圈的起點。

進了演藝圈的春希（田倉真央的私生女）一定會變成他的棋子。

『『——天使的誘惑～～♪』』

春希本來想故意唱得很爛，端出慘不忍睹的演出。

但氣氛已經炒得這麼熱，把場子搞冷也對ＭＯＭＯ不好意思。她跟這件事無關。一直任人擺布也很令人不爽。

而且如果故意出糗，之後隼人會怎麼說她呢？沙紀又會怎麼想呢？假如她為了逃離現場刻意扯後腿，在兩人面前還抬得起頭嗎？

於是春希決定盡全力讓ＭＯＭＯ變得更亮眼。

為了凸顯ＭＯＭＯ的歌聲，她刻意降ＫＥＹ幫忙和聲。

舞步和站位也都盡量拿捏距離，讓ＭＯＭＯ更引人注目。

配角、黑子、無名英雄。

她抹去自己的個性，徹底演出（計算出）這些角色。

『『——時之旅人～～♪』』

歌曲告一段落。

現場瞬間歡聲雷動。

而且全都是獻給ＭＯＭＯ的讚賞。

春希往男人一瞥，發現他瞪大雙眼。計畫泡湯了吧——春希像計謀得逞般偷笑。

這個結果讓春希露出滿意的表情，接著對ＭＯＭＯ鞠躬，裝出緊張的聲音道謝：

「謝、謝謝！那個，很開心可以跟ＭＯＭＯ小姐一起唱歌！」

周遭不停傳來「好好喔～～！」「下一個換我！」這些羨慕的聲音。

再來只要離開現場就好。

春希抬起漲紅的臉準備轉身時——

「等一下！」

「咦？」

「妳太厲害了吧！超好配合耶！」

不知為何，ＭＯＭＯ一臉興奮地抓住她的手。

還盯著她的臉。

「我覺得妳合格了，豈止合格，妳是超合格！下次要不要跟我一起工作看看？可以吧，櫻島先生！」

「等等，咦、什麼、什麼……？」

說完，ＭＯＭＯ將視線投向站在舞台側邊的櫻島。他也笑容滿面地用雙手在頭上比了個圈。

結果群眾立刻躁動起來，還傳出「咦，怎麼回事！」「是星探嗎！」「那個女生不是這一型的吧！」「仔細想想好像可以？」這些低語聲。

一道冷汗流過春希的背。

有種被逐步攻陷的感覺。

連這也在他的計算之內嗎？

……得想想辦法。

腦袋卻沒辦法正常運轉。

春希腦海中忽然閃過母親（田倉真央）的臉。

也發現自己的手開始顫抖。

「妳在說什麼啦，百百學姊！」

這時忽然有個女孩子大聲對舞台這麼一喊，瞬間打破躁動的氣氛。

群眾的注意力自然都集中在聲音的主人身上。

發出聲音的少女威風凜凜地踏出一步，用充滿戲劇性的動作用力摘下原本戴著的帽子和眼鏡後，現場又爆出更大的歡呼聲。

「啊！哈囉～～愛梨媽媽。」

「哈囉什麼啦！媽媽又是什麼意思，我比妳小耶！」

「愛梨真沒幽默感。」

「這不是重點吧！」

現身的人是佐藤愛梨。

是足以匹敵ＭＯＭＯ的人氣模特兒。

群眾的目光也轉移到她身上。

「真是的，先不管媽媽的問題……百百學姊，妳每次都想到什麼就做什麼！妳看，那個女生都嚇到動彈不得了！」

「咦～～？這樣不好嗎？」

「妳還敢問，當然不好啊！」

「那妳覺得這樣好不好？」

「我覺得這樣不好！」

「那妳覺得這樣好不好不好？」

「我覺得這樣不好不好噗！」

「啊，愛梨吃螺絲了。」

「煩耶～～～～！」

兩人重複著宛如搞笑短劇的對話，讓大家笑了起來。

看來情況已經演變成ＭＯＭＯ剛才的邀約也是這場演出的一部分了。

「春希！」

「！」

這時春希聽見有人用微小但尖銳的聲音喊她名字，才回過神來。

聲音來自愛梨附近，只見隼人他們全部都在，還輕輕招手示意她趕快回來。

春希慌張地重新擺出笑容（面具）。

「非、非常感謝！」

「謝謝妳的配合～～」

「下次再一起表演喔～～」

「就叫妳別這樣了，百百學姊！」

「愛梨好壞喔。」

「哪裡壞啦！」

春希在一片笑聲中急忙離開舞台。

臨走前看到愛梨眨了單眼，像在對她致歉。

迎接春希回來的眾人反應各異。

「真是大災難耶，春希。」

「春希，妳沒事吧！而且妳太會唱歌了吧！」

「哇、哇，是ＭＯＭＯ跟愛梨耶！聽說她們私下感情也很好，看來是真的！」

「咦？佐藤愛梨……咦？咦？剛剛的女生是『那個』佐藤愛梨嗎……！」

隼人聳肩苦笑，一輝和伊織也有同感。

惠麻又是擔心又是驚訝，表情變來變去。姬子對春希和人氣模特兒在舞台上一起表演一事十分興奮，沙紀的腦袋則變得更混亂了。

每個人的反應完全不一樣。

但春希有種回到安身之處的安心感，原先的緊張也鬆懈下來。

「……我有點累了。」

春希說完這句話並長嘆一口氣，手便忽然被人一把拉過。

「是啊，我也累了，找個地方休息吧。」

「唔！隼人……？」

春希疑惑地抬起頭，看見隼人神情相當嚴肅。

春希頓時怦然心動，但循著隼人偷偷使眼色的方向一看，發現櫻島似乎為了找春希，正往這裡走來。此刻心跳加速的原因跟剛才截然不同。

「……我也有點累了，對吧，伊織？」

「！噢，對耶，我也有點口渴。惠麻呢？」

「咦？啊，嗯，對啊。」

「姬子跟沙紀也——」

察覺此事的一輝也催促伊織和姬子他們盡快移動。

他還是一樣會細心觀察這種細節，真令人不爽。

「……謝謝。」

春希喃喃自語般道了聲謝。

展廳旁邊的專賣店商圈頂樓有座庭園，此刻有些冷清。

展廳的喧鬧聲偶爾會乘著風傳進耳裡，可見兩人受歡迎的程度。畢竟是臨時舉辦的活動，櫻島也沒辦法離開現場追來這裡吧。

春希將從販賣機買來的瓶裝茶拿在手上把玩，同時環視四周。

周遭全被高樓大廈包圍，彷彿只有這裡空了一個洞。天空看起來很窄，四周綠意盎然，讓人稍微聯想到月野瀨。

可是這裡的空氣完全沒有鄉下那種悠閒的感覺，讓人靜不下來。

隨後，惠麻像是要幫大家說出心聲般開口：

「呃，到底是怎麼回事啊……」

所有人的視線交錯，彷彿在互相試探。

說起來，春希也對剛才發生的事摸不著頭緒。

她看向隼人，只得到一個困惑的表情。

現場瀰漫著難以言喻的氣氛。

這時一輝刻意「唉～～」地發出一聲長嘆。

他放棄般舉起雙手，再次看向春希。

「對不起，二階堂同學，還有大家。」

「……咦？」

「二階堂同學剛才會被捲進那種狀況，一定是櫻島先生造成的，就是MOMO旁邊那個高高的工作人員。那個人雖然很有能力，有時候卻挺霸道的……」

「是、是喔……」

不知為何一輝忽然道歉，讓春希更搞不清楚狀況，回答也很含糊。畢竟春希原本以為櫻島是因為田倉真央和自己的關係才來找她，所以更加困惑。

不過有件事讓她很在意。

聽一輝的口氣，他好像認識櫻島。

春希和隼人、沙紀對上視線，兩人也莫名其妙地歪著頭看她。

其他人似乎也一樣疑惑，於是伊織代表所有人接著發問：

「呃～～那個，一輝，櫻島到底是誰啊？你認識他嗎？」

「櫻島先生是經紀公司的製作人，也身兼星探工作。不管模特兒、演員還是偶像……他對這方面非常靈敏，發掘了MOMO和愛梨，也會監修角色設定和取材時的訪談內容。他可以讓藝人在短短一年內翻紅，你們也見識到他的能力了。」

之前在醫院遇見他的時候，他的言行舉止也符合這個說法。

春希眉頭越皺越緊。

「是喔，你很清楚耶，一輝，感覺好像深有體會？」

「噢，嗯，知道一些啦……」

「咦，等一下，小春會被那種人盯上就表示──啊。」

姬子差點驚呼出聲，但中途像是察覺到什麼而閉上嘴巴。

隼人則代替欲言又止的妹妹拋出疑問。

「我已經知道櫻島是什麼來頭，也了解他的能力，但一輝何必為此道歉？」

「那是因為──」

一輝稍作停頓並深吸一口氣，似乎在腦中整理思緒。

接著他環視眾人的臉，露出下定決心的表情丟出震撼彈。

「那個，其實我之前一直瞞著大家。ＭＯＭＯ的本名是──海童百花。」

「咦？海童、百花……？」

「是我的親姊姊。」

「「「「——！」」」」

這句話的威力足以讓大家腦袋一片空白，喪失語言能力。

第5話 就算變成不一樣的自己

當天晚上。

隼人早早鑽進被窩，卻一直睡不著覺。

白天的狀況應該讓他身心俱疲了，此刻他卻莫名亢奮，眼睛炯炯有神。

「…………呼。」

不知翻了幾次身，他看著昏暗的天花板嘆息。

轉頭看向書桌上的鬧鐘，發現才剛過十二點。

他又盯著秒針走了半圈，但不僅毫無睏意，眼睛反而越來越清醒。

之後隼人終於放棄似的坐起身子，搔搔頭並抓起手機來到陽台。

遠遠就能看見即使在深夜依舊通明的大廈燈光緩緩侵蝕城鎮和夜空的界線，變得模糊不清。

「……跟月野瀨不一樣。」

他懷著各種複雜的思緒，低聲說出這個顯而易見的事實。

他知道自己為什麼睡不著。

這時他用手上的手機點出某張照片。

畫面上是跟ＭＯＭＯ（百花）合唱的春希。

當時群眾的激動和熱情至今仍盤踞在他心中持續灼燒。

不管怎麼看，舞台上的主角都是ＭＯＭＯ。

即興揮灑的可愛魅力；足以將周遭氣氛吞噬整合的渲染力；散發的活潑俏麗及存在感。

啊啊，原來如此，難怪姬子和那些年輕女孩會對她如此著迷。

而完美撐起這個臨時舞台表演的人，正是春希。

為了讓ＭＯＭＯ展現主角魅力，她從頭到尾都刻意壓低聲調齊唱，在重點段落搭配和聲或合唱，走位時也會配合動作奔放的ＭＯＭＯ來襯托她的存在感。

如果ＭＯＭＯ是光輝燦爛的太陽，春希就是在她的光芒下閃閃發亮，呈現出百變姿態的月亮，讓人看得入迷，就像被蠱惑一般。

所以隼人也跟其他人一樣舉起手機鏡頭，將兩人擷取至螢幕中，彷彿不想錯過流逝的瞬間。

「……真漂亮。」

看著螢幕上的春希，隼人說出始料未及的這句話。

他瞪大雙眼，對自己的反應不可置信。為了拋開這離譜又糟糕的思緒，他用力搖搖頭。

他發出一陣充滿自嘲的嘆息，再次看向手機。

手機裡的春希看起來一點也不亮眼，卻展現出各種充滿魅力的模樣——隼人也發現在她的眼裡看不到任何人的影子。

他頓時覺得有股輕微的寒意竄過背脊。

『因為我粉飾外在的行為，只是為了連姓名和長相都不知道的陌生人。』

他忽然想起春希在月野瀨說過的話。

這感覺很像春希要拋下隼人到遠方去的恐懼。

而櫻島這種王牌製作人看上春希，簡直就像在印證這一點。

心中掀起難以言喻的不安情緒。

隼人也終於明白有些事自己根本無力改變。

『ＭＯＭＯ的本名是——海童百花。是我的親姊姊。』

這次浮現腦海的是一輝的這句話。

一股洶湧的思緒立刻湧上心頭，感覺自己跟春希所在的世界被分開了——

「啊啊，可惡！」

不願承認的隼人粗魯地將頭髮抓亂，並把手伸向西方的天空。

他本想抓住天上那個被路燈光源侵蝕，輪廓模糊又帶點缺角的月亮，月光卻逃也似的溜出他的掌心。

緊握的拳頭曖昧地舉在夜空中。

「……我在幹嘛啊。」

難以言喻的焦躁感在胸口翻騰。為了忽視這股情緒，隼人急忙轉身背對月亮回到房間。

隔天早上。

結果這天他沒睡好。

他頂著遲鈍的思緒，還是順從早已養成的習慣開始準備早餐，結果客廳門「喀嚓」一聲打開了。從門後現身的是跟隼人一樣，臉上寫著睡眠不足四個字的姬子。

但她的髮型已經整整齊齊，制服也換好了。

以往看到這個稀奇的景象，隼人一定會打趣地說「今天要下紅雨了」或「真希望妳平常也這麼認真」，唯獨今早他能理解姬子如此反常的理由，所以什麼也沒說，只是皺緊眉頭。

姬子看到哥哥的表情後本想開口，結果動了動嘴，最後還是不發一語地在餐桌旁入座。

隼人馬上就看出姬子不知要如何開口。

隼人也一樣，他根本不知道該說什麼。

「……」

「……」

做好早餐後，霧島兄妹就沉默地微微低下頭，用機械式的動作將早餐送進嘴裡。

兩人圍著餐桌吃完這頓過分安靜的早餐後，就在比平常略早的時間走出家門。

春希和沙紀已經在集合地點等他們了。

「啊。」

「……嗯。」

沙紀看到他們後輕喊了一聲，春希則一臉茫然地欲言又止，帶著一言難盡的表情微微抬起手代替招呼。看到春希的表情，隼人又想起昨天的事，頓時心跳加快，但還是急忙搖頭，同樣微微抬起手回應一聲「嗨」。

在如此彆扭的氣氛中，所有人不約而同地邁開腳步。

捲積雲稍微掩蓋了蔚藍澄澈的天空，帶著秋意的冷風拂過臉頰，前往車站的機車和腳踏車偶爾會從旁邊經過。

不久後，春希才有些猶豫地開口。

「……海童的姊姊那件事讓人很驚訝呢。」

「嗯，但在某種層面來說，也算是可以接受啦。」

「對啊，好像能理解。」

「這件事讓我很震驚，但佐藤愛梨也是……」

「我原本還想不透隼人怎麼會認識模特兒，原來是跟海童有關係啊。」

「……是啊。」

佐藤愛梨，一輝的前女友。

聽一輝說他們只是形式上的交往關係，不過從愛梨的口氣推斷，又覺得雙方的認知有落差。

而且昨天也多虧她的機智表現才得以完美收場。雖然不知她的目的為何，這可能算是滿大的「人情」。想著想著，隼人的眉頭也越皺越緊。

話題告一段落，一行人又變回原本尷尬的氣氛。

鄰近岔路口時，隼人雖然覺得現在說這話有些不搭調，但又認為得先說出口才行，於是輕聲嘀咕：

「祭典會怎麼樣呢？我是很期待啦……」

離學校越近，穿著同樣制服的人也越多，大家互相問候，氣氛也變得和樂融融。

隼人往在操場上晨練的運動社團瞥了一眼，確認足球隊今天早上沒有活動後，就迅速溜進校舍入口。

「……啊。」

「……嗨。」

「……喔。」

「……嗯。」

沒想到居然和伊織與惠麻碰個正著。

這兩人果然也對昨天的事耿耿於懷，全都說不出話。

四人面面相覷，引發一股不知所措的氣氛，這時聽見有人尷尬地「啊」了一聲。一輝剛好也在這個時間到校了。

可以明顯看出他內心動搖，雖然裝出平常那種笑容試圖佯裝平靜，笑容卻僵硬無比，甚至讓人覺得有點可憐。

但隼人他們也不遑多讓。

儘管如此，隼人還是用拙劣的技術逼自己強顏歡笑，開口說道：

「嗨，一輝，早——」

「！」

然而一輝像以此為信號，如脫兔般逃離現場。整個過程只發生在一瞬間，根本來不及阻止。

被留在後頭的隼人等人面露苦笑，又發出帶著幾分安心的嘆息。

這天不管是下課還是午休時間，一輝都沒有現身。

「他沒來耶。」

「對啊。」

平常這個時間他早該出現了，如今卻不見蹤影，因此隼人和春希、伊織、惠麻互相點頭，就前往一輝的教室。

或許該說是可想而知的結果，一輝不在教室裡。

「海童同學嗎？不知道耶，今天也是一到午休就走出去了。」

抓住海童的同學詢問，卻只得到這樣的回覆。

姑且到餐廳去看看，也不見人影。

看來是故意躲著他們。

一行人順便在餐廳吃了午餐。

「傷腦筋……」

「你等一下要幹嘛？」

「去園藝社露個臉吧。」

「這樣啊。」

於是隼人和春希一同往校舍後方的花圃走去。

校舍後方還是一樣冷冷清清。

午休時間的喧鬧聲聽起來甚是遙遠，這裡除了園藝社的花圃，就只有垃圾收集場，中午時間幾乎不會有人過來。

儘管如此，那個熟悉的嬌小同學應該還是會在這裡。抱著如此期待來到校舍後方時，隼人卻因意外的景象發出驚呼。

「——啊。」

未萌和一輝居然在花圃角落的樹蔭底下碰面，這意想不到的組合讓隼人嚇得直眨眼。發現他們的一輝滿臉尷尬，想快步離開現場。

未萌驚慌失措地來回看著他們和一輝，猛然回神的春希立刻來到她身邊詢問：

「未萌，妳跟海童在聊什麼？」

「呃，那個，我不知道詳細情形，但他說有件難以啟齒的家務事曝光了，問我該用什麼態度面對……」

「他問妳這種事？……海童！」

「春希！」「春希！」

「！」

春希的臉馬上垮下來，像從繃緊的弓弦射出的箭矢般衝了出去，瞬間就拉近跟一輝之間的距離。

一輝被春希突如其來的舉動嚇得雙肩一震，本想後退閃避，手臂卻被春希緊緊抓住而無法如願。被春希那種能將人貫穿的眼神盯著看，一輝滿臉困惑，十分畏縮。

春希用幾乎是狠瞪的視線看著一輝，做了個深呼吸。她瞥了一眼從後面追上來的隼人和未萌後，再次看向一輝。

「我告訴你，不是只有你一個人有關於家人的難言之隱，隼人有，未萌有，我也有……所以！」

春希說到這裡就打住，狠狠甩開原本抓住的手。

接著她又立刻抓住隼人和未萌的手往花圃走去。

「我們走吧，隼人、未萌！」

「喂、喂！」

「那個……」

「……！」

被春希抓著手的隼人和未萌面面相覷，疑惑地歪過頭。

看著將不滿全寫在臉上的春希，兩人也不知該說什麼才好。

宣告放學的鐘聲一響，春希就猛地站起身抓住隼人的手臂。

「走了，隼人。」

「等等，喂，要走去哪啊！」

「少廢話！」

「……真是的。」

模範生的面具到哪裡去了？看到春希一反常態的舉動，同學們的目光都集中過來。

春希卻不顧他人的反應，硬拉著隼人走。

隼人急忙抓起書包，看著大步走過走廊、校舍入口的春希背影並嘆了口氣，放眼望向四周。或許該慶幸是一打鐘就衝出來，所以人並不多。

隼人知道這時候的春希講也講不聽，所以乖乖被她拉著走。

隨後他們用接近小跑步的速度衝過住宅區，最後來到春希的家。

隼人被春希拉著，看春希「喀嚓」一聲打開門鎖走進家裡，又「咚咚咚」地走上樓梯來到春希房門前。

春希正要把手搭上門把時，忽然「啊！」了一聲。

「在這裡等我一下！」

「……喔。」

說完她就用力關上門，裡頭還傳出乒乒乓乓的聲響，不知道在做什麼。

到底是怎麼回事？

隼人腦海中閃過無數可能性，卻還是一點頭緒都沒有。

然而以前還在月野瀨的時候，他就經常像這樣被春希帶著到處跑。

他覺得想也沒用，於是搖搖頭看向四周。

仔細想想，最近他們都在霧島家吃晚餐，再加上沙紀也搬來都市，真的很久沒有來這裡了。光從走廊來看，似乎沒什麼改變，還是一樣缺乏生活氣息，有種莫名的冷清感。

（……她都一個人住在這裡啊。）

想到這裡，隼人就皺起眉頭。

但這股難以言喻的情感湧現時，某種跟家裡截然不同，帶著少許甜香的氣味搔弄著他的鼻腔，讓他有些暈眩。這下糟了。

這一定是春希的香味吧。那當然了，畢竟她一個人住在這裡，因此無論如何都會讓隼人意識到此刻正和春希兩人獨處。

以前他來過這個家好幾次，對兩人獨處的情境也習以為常。

現在是如此……過去也一樣。

可是剛剛隔著房門聽見類似衣物摩擦的聲音，又讓他勾起莫名的遐想，根本無法冷靜。

「……可惡！」

隼人皺起臉用力搔搔頭，房門在同一時間「喀嚓」一聲打開了。

「讓你久等啦！怎麼樣！」

「咦？」

隼人不禁發出怪聲。

在眼前擺出帥氣姿勢的春希不知為何是一頭金髮。她將蓬鬆柔軟的頭髮綁成雙馬尾，把平常整整齊齊的制服隨便亂穿，裙襬也前所未見地短。亮晶晶的墜飾在胸前閃閃發光，妝化得十分亮眼。給人的第一印象非常華麗，看起來像個辣妹，跟以往形象完全相反。

「咦，妳是春希……？」

「對啊。」

「頭髮、金色……」

「啊，這是假髮。」

「原來如此？」

此刻的春希判若兩人，讓隼人忍不住用了疑問句。

隼人沒搞懂春希的意圖，大驚失色地愣在原地，春希便露出壞笑。

她一手拿著泡沫噴罐，另一手做出抓撓的動作逼近隼人。

「再來換隼人了。」

「我？」

「少廢話，快坐下。」

「喔、喔……呃，這是什麼？」

「染髮噴罐。別擔心，這個一洗就掉了，應該啦。」

「妳也不確定喔？」

「我也是第一次用啊！」

假髮也好，染髮噴罐也好，她都是什麼時候買的啊？

疑惑的隼人被春希逼著坐在走廊上，用髮圈將變長一些的頭髮束起，從噴罐擠出泡沫後再用扁梳梳勻。

任憑春希擺布了一會後。

大功告成，一臉得意的春希將手鏡拿過來對著隼人。

「……嗚哇。」

隼人不禁發出怪聲。

鏡中的那個人感覺是自己卻又不太像，有一撮充滿特色的紅色挑染，還一臉輕浮樣。

隼人驚訝得猛眨眼，一旁的春希心想玩都玩了，就將他的領帶拉鬆，解開襯衫鈕釦，還將衣襬拉出來。把制服穿得亂七八糟後，就變成了讓隼人不禁懷疑「這小子是誰啊？」的男孩子，很像常跟辣妹混在一塊的那種不正經輕浮男，怪異和羞恥感讓隼人渾身不自在。

「嗯嗯，有那種感覺了。」

「……這是怎樣啦。」

隼人用眼神質問春希到底想做什麼，春希卻笑嘻嘻地閉起一隻眼，豎起大拇指說：

「今天我們要穿成這樣去街上到處玩！」

「啥？」

隼人又被春希拉著走，隨著電車搖晃來到市中心的鬧區。

途中他們在電車上也比平常更引人注目。春希本來就是眾人焦點，今天又是華麗且容易招來目光的裝扮，情況可想而知。

隼人也很少看她打扮成這樣，經過華麗妝點的臉蛋和無懈可擊的身材，讓他充分體會到

「人要衣裝」的道理。

眾人的視線同樣集中在春希身旁的隼人身上。

自己是不是和坦蕩蕩的春希不同，表現得提心吊膽，跟外表有落差？旁人會不會覺得自己很奇怪？與其說穿上跟平常不同風格的衣服，反而更像在變裝，讓他坐立難安。

他不經意看見自己在車窗上的倒影。

……該說意外嗎？嗯，比預期中好看很多。

應該不會很奇怪。希望如此。

不久後，他們來到某棟大樓前。

「到了！」

「這裡是……電子遊樂場？」

「沒錯，今天的目的是那個！」

「那是……」

隼人微微皺起眉。

春希的手指向可以將拍好的照片加工成貼紙的機台。這從以前就是女生必玩的機台之一，但跟男生幾乎扯不上關係，更不用說鄉下人了，所以隼人也是初次見識。

「今天我想做點符合這身打扮的事。」

「是喔？」

為了先從外表著手，才會打扮成這樣嗎？

隼人急忙追上得意洋洋地朝機台衝去的春希。

「請擺好姿勢？什麼姿勢？要怎麼擺啊……這樣嗎？欸，隼人也給點意見！」

「喔、喔……呃，不小心跟著妳做動作，這不是小時候流行的特攝片英雄的姿勢嗎！」

「唔嘻嘻，我覺得隼人會乖乖配合嘛。」

「真是的。」

「我想想再來要……哦，有好多功能喔。這是……噗！隼人的眼睛超級閃亮耶～～！」

「哇哈哈，什麼鬼啦！那這個是……嗚哇，眼睛好像變更大了！」

「啊哈哈哈哈，這什麼啦～～！啊，好像還可以加上動物的鼻子跟耳朵喔。」

「呃，喂！時間不多了！」

「咦？啊，等等，怎麼辦！」

「隨便畫吧，總之畫得像樣點！」

「了、了解！」

隼人和春希都是第一次玩這個機台，處於摸索狀態。

最後在時限內瘋狂作畫印出來的照片，簡直就像小孩子隨便亂畫的塗鴉。

如此慘不忍睹的成果讓兩人噴笑出聲，不知該如何處理這些照片。

接著他們來到知名霜淇淋店的期間限定快閃店，據說是ＳＮＳ的打卡美食。

隼人實在受不了那些高聲談笑的同齡女孩們，被春希笑了一番，但還是對手上的霜淇淋嘆為觀止。

「……這也太大了。」

「……嗯，而且好繽紛。」

汽水、抹茶、草莓、生起司、巧克力、香草、紫薯、櫻花拿鐵，放上所有口味的八層霜淇淋，不管是尺寸或衝擊感都相當驚人。

原來如此，可以理解為什麼會在ＳＮＳ引發話題了。然而隼人皺著眉頭說：

「……吃這麼多，晚餐還吃得下嗎？」

「哎喲，隼人，別說這麼掃興的話啦～就當成今天特別破例啊。」

「說得也是。啊，春希，妳不拍照嗎？」

「啊，嗯～～對耶……」

他們往周圍瞥了一眼，發現有人在用手機拍照。

女孩們都擺出各式各樣的表情和手勢不停拍照，絞盡腦汁凸顯霜淇淋的存在感。

春希發出「唔唔唔」的低吟。

還不時擺出各種表情和手勢，似乎在考慮要擺什麼姿勢。

隼人對拍美照沒什麼堅持，看著霜淇淋思考了一會，就簡單用手機拍了張照。畫面中被拍得色彩繽紛的霜淇淋應該能當成聊天的話題吧。隼人腦海忽然閃過姫子大喊「好奸詐！」的身影，不禁輕笑出聲。

「欸，隼人，不覺得這種五顏六色的感覺，很像魔法少女動畫的魔杖嗎？」

「有像嗎？」

說完，春希便勾起嘴角露出壞笑，接著轉了一圈，擺出週日早上會播的那種魔法少女系列動畫的姿勢。

「『被絲滑霜淇淋融化的心，啾——』啊！」

「！」

然而春希把霜淇淋當成魔法棒猛地一揮，霜淇淋便順著重力從餅乾筒滑向地面。為了阻止霜淇淋掉落，春希急忙緊緊抓住。

雖然霜淇淋沒掉到地上，她的手卻被霜淇淋沾得黏答答。可能是覺得黏膩的感覺很噁心，春希整張臉都皺了起來。

「沒事吧，春希？」

「除了我的手以外都沒事。唉～～沒辦法拍照了。」

「啊～～這個嘛，妳看……」

「嗯？……噗噗！」

隼人一臉歉疚地將手機螢幕拿給春希看。

畫面中的春希正滿臉驚慌地將手伸向快掉到地上的霜淇淋。這模樣實在難得一見，連當事人都忍不住噗哧一笑。

「那個，抱歉。我本來想幫妳，但兩隻手都拿著東西，一用力就不小心拍下來了。」

「啊哈哈，那也沒辦法，我原諒你。那張照片之後要傳給我喔。」

說完，春希舔了舔沾在手上的霜淇淋，開心地咧嘴一笑。

隼人也跟著露出笑容應了聲「好啊」，並舔了一口自己的霜淇淋。

吃完霜淇淋後，春希在大樓廁所洗完手，再前往堪稱地標的那棟高樓大廈，目標是位於最高層的瞭望台。

每次來市中心都會看到這棟大樓，但從來沒進來過，選擇這裡是基於單純的好奇心。

「……哇。」

「……好誇張。」

走出直達電梯後，兩人便對直接映入眼簾的窗外景色嘆為觀止。

眼下那片無邊無際的街景中有好幾棟大型建築，感覺卻沒什麼差別，全都像被貼在地上，每一棟看起來都同樣小巧可愛。沒錯，真的很小。

建築物看起來都這麼小了，裡面的人又有多渺小呢？

「……我們住的地方在哪裡啊？」

「……應該是那附近吧？」

「啊哈哈，太小了根本搞不清楚。」

「對啊。」

目光所及之處的複雜街景呈現出截然不同的風貌，簡直像座迷宮。

但他們平常就在眼前這座城鎮裡體會各式各樣的生活。

好一段時間，兩人就這麼呆呆地站在原地眺望景色。

西方的天空開始漸漸染紅。

雖然時間尚早，但秋天的日落速度很快，一不留神天色就會馬上暗下來吧。

這個瞬間也一步步將今天帶向尾聲。

「我們住的地方很大呢。」

「我現在才終於感受到自己搬來都市了。」

「從高處看月野瀨……爬到山頂也只能看到整座水壩。」

「是啊，跟這裡完全不同。」

「……我好像能稍微理解你想要電動自行車的心情了。」

「嗯？」

「只要心血來潮，就能騎去這片街景的任何地方嘛──想到這裡，感覺變得好自由。」

「……哈哈，對吧？」

由於自己心中所想被春希完全說中，隼人害羞地點點頭。

春希也回了靦腆的笑，被夕陽照射的臉頰染成一片通紅。

他們繼續眺望窗外街景，兩人之間瀰漫著一股令人心癢的氣息，就像小時候想到惡作劇點子或共享祕密時那樣。

下車後，兩人走出驗票閘口。

回到他們居住的城鎮時，西方的天空早已染上茜紅色。

隼人疲憊地舉起手伸了個大懶腰，結果和同樣在伸懶腰的春希對上眼。

「嗯～～好像有點累了。」

「我也是，今天可能沒力氣準備晚餐了。」

「啊哈！你覺得今天怎麼樣？」

「這個嘛……嘗試了很多新鮮事，還滿有趣的。」

「我也覺得，雖然只是臨時起意。」

「妳從以前就經常臨時起意帶著我到處跑吧。」

「呵呵，是呀。不管結果如何，我們還是一點都沒變。」

「對啊——嗯？」

「電話嗎？誰打來的？」

隼人拿出響起來電鈴聲的手機一看，發現是姬子來電。

他跟春希告知一聲後便按下通話鍵。
「姬子——」
『哥，你在哪啊！晚餐呢？小春呢？我好餓喔！沙紀也來了耶！還說要備料的話就跟她說一聲！』
結果姬子焦躁不滿的嗓音立刻連珠炮般傳來。
隼人忍不住將手機從耳邊拿開並皺起臉，期間姬子還是抱怨連連。
平常再過一會確實就是吃晚餐的時間了，但從現在開始準備應該要花很多時間吧。
隼人看著在一旁聳肩的金髮春希，忽然靈機一動。
「今天吃披薩吧。」
『咦，披薩？哇、哇，是會外送到家裡的那個披薩嗎！』
「對啊，直接去店裡外帶有半價優惠，還能買一送一。我記得從站前走幾步路的地方有一間吧？春希也跟我在一起。」
『太棒啦～～！啊，哥，可樂！我想喝可樂！千萬別忘記喔！』
「好好好。」
『沙紀～～妳聽我說！披薩！第一次！今天要吃披薩耶！外送的那種！但他們好像要買

回來啦！』

「……真是的。」

聽到披薩這種月野瀨沒有的東西，姬子立刻消氣，興奮不已。

隼人因為依舊好搞定的妹妹而露出苦笑，掛掉電話後再次看向春希。

「所以今天吃披薩吧，這也是初體驗。」

「其實我也是。那個分量一個人根本吃不完，所以我從來沒點過。」

於是兩人踏著愉悅的腳步前往披薩店。

走著走著，隼人回想起今天的事。

就算打扮跟平常截然不同，嘗試平常不會玩的消遣娛樂，第一次買披薩當晚餐，也不會有任何改變。

確認這個道理後，隼人將此刻內心深處的想法說了出來。

「好期待明天的秋日祭典喔。」

春希回過頭，頓時瞪大眼睛並屏息。

「嗯，對呀！」

然後綻放出發自內心的燦爛笑容。

第6話 別開玩笑了！

在學校練完球，一輝走在回家的路上。

他搭乘急行電車，比平常提早一站下車。

他有些困惑地走過從未見過的車站內部，接著走出驗票閘口。

眼前是完全陌生的街景。或許是正值黃昏，站前聚集了下班下課的人，還有從附近過來採買的人。

他來這邊沒有特別的目的。

只是不想馬上回家。

因為把自己關在家裡，可能滿腦子都會是不好的想法。

一輝的視線往四周掃了一圈，來到大馬路，往家的方向前進。這條路雖然陌生，只要沿著鐵道路線走應該就能回到家。

他駝著背漫不經心地盯著柏油路面行走，表情不太好看。

心亂如麻。

他將手放上額頭抓起頭髮，嘆了口氣，但這聲嘆息馬上就被旁邊車道的排氣聲沖散，消失在車聲當中。

腦海中從昨天就一直反覆想起揭開姊姊的祕密時的事。

姊姊百花ＭＯＭＯ是知名人物。

說他不介意這件事曝光，那當然是騙人的。去年他已經刻意讓自己遠離人群，卻還是有人為了討好姊姊而跑來接近他，他才更心煩。

一輝的理性明白他們不是那種人，對他們十分信任。

也覺得這件事遲早得說清楚。

可是昨天太突然了，他還沒做好心理準備。

大家難以置信的驚訝表情；不知該說什麼的尷尬氣氛；還有集中在自己身上的目光。

這些都跟一輝孤立時感受到的氣氛很像——所以一想到他們會做出跟當時那些人相同的反應，一輝就逃跑了。真沒出息。

一輝不知該用什麼態度面對他們。

明明今天早上隼人還裝得跟平常一樣來找他搭話。不安湧上心頭的同時，難堪的心情也讓一輝的眼眶泛紅。

這時有一群學生從他眼前走過，男女共七人，年紀應該比他小，可能是國中生。

祭典攤販、集合地點、煙火時間和浴衣之類的對話傳進一輝耳裡，一定是在熱烈討論明天秋日祭典的話題吧。

心中躁動不已。

那群學生看起來好耀眼。

——明天的秋日祭典該怎麼辦？

他開始設想自己去參加祭典的狀況。

每個人都露出尷尬的笑容，聊些流於表面不痛不癢的話題，一舉一動都在試探對方的心情。

感覺一定不會開心吧。

「……姬子肯定很期待。」

一輝想起提案人——朋友妹妹（姬子）的臉龐。

表裡如一又不善偽裝的她，一定會難掩動搖驚慌失措，表情也會蒙上一層陰影。她昨天也是這樣。說不定會對這個狀況感到痛心，露出受傷的表情。

——就像之前在水上樂園時那樣。

「！」

每次只要想到當時的情況，胸口就會隱隱作痛。

至少他希望那個時時刻刻都開朗陽光，只把自己當哥哥朋友的女孩子能夠綻放笑容。

「……我還是別去好了。」

他像在說服自己，如此低喃。

只要自己不去就沒問題了，一定也能守住她的笑容。

啊啊，沒關係。

時間應該會解決這件事。

所以找個理由推辭明天的秋日祭典吧——這應該是最好的答案。

一輝在心中做出結論後，平常熟悉的離家最近的車站近在眼前。到家只剩幾步之遙了。

「我回來——」

一輝說著回到家的招呼語並打開玄關門，隨後悄悄皺起眉頭，因為除了姊姊的鞋子，還有一雙沒見過的女鞋。

大概就是明知會被我行我素的姊姊耍得團團轉，還執意要登門拜訪的怪胎吧。
一輝腦海中浮現出某個人選，帶著微慍的神情走向客廳。
「姊，我回來了。妳來啦，愛梨。」
「哦？」
「嗨～～我來打擾嘍，輝輝。」
確認預期中的那個人也在，又看到兩人拿在手上的東西，一輝瞇起眼睛。
「那是……」
「嗯？浴衣啊。好看嗎？」
說完，愛梨就在他面前將浴衣放在身上轉了一圈。款式很花俏，很適合她。
一輝卻不知如何回答。
她們到底想幹嘛？
回想昨天的情形，雖然覺得這樣很自私，但一輝心中確實還無法釋懷。
他用有些僵硬的聲音問：
「……為什麼要帶浴衣？」
「我們也想參加秋日祭典。」

「……那個，不會又引發騷動嗎？而且姊明明不喜歡這種活動，常常窩在家裡啊。」

「嗯～如果不刻意隱瞞，光明正大地去，搞不好不會被發現喔。」

「我們也想像女高中生一樣享受這種活動啊。」

「攤販還在等著我呢。」

「是、是嗎……」

姊姊像平常那樣我行我素地一邊摳弄指甲一邊回答。

聽到預期中的回答，一輝感覺自己的臉頰抽了幾下。

心裡也埋怨她們為何偏偏選秋日祭典。

一輝嘆了口氣。為了讓微微發熱的腦袋冷靜下來，他本想離開現場，愛梨卻立刻出聲叫住他。

「輝輝，你們也要去秋日祭典吧？要不要乾脆跟我們一起去？」

「那個黑長髮的女生有趣又可愛，跟那種等級的美女一起去，我們就沒這麼顯眼，應該也不會引起騷動，很划算耶。」

「我不去喔。」

「——咦？」

愛梨的驚呼聲傳入耳中。

一輝用自己也不敢相信的冷漠聲音說：

「我不去，應該說我不能去。那個，昨天大家發現姊就是ＭＯＭＯ了，今天在學校氣氛也很尷尬，而且……我去了一定會把氣氛弄僵，所以我不能去。啊哈哈……」

說著，一輝別開目光垂下睫毛，發出自嘲的笑。

他也知道自己應該是為了嘲諷才語帶挖苦，還是無法阻止自己說出這種話。

愛梨和百花並沒有錯，那件事只是偶然，但她們確實是問題的主因。

儘管理性明白這一點，感性卻無法認同。

把想說的話說完後，頭腦也冷靜了些。

一輝也反省自己說得太過火了，重新將視線移回愛梨身上。結果柳眉倒豎的愛梨露出嚴肅，不，甚至能感受到怒火的表情衝了過來。

「別開玩笑了！」

愛梨出乎意料的尖銳嗓音讓一輝嚇得雙肩一震。

他第一次看到愛梨這種表情。

「還是……你在瞧不起他們？」

「！愛梨！」

然而愛梨的下一句話立刻惹火一輝，使他忍不住厲聲斥罵。這種話對一輝來說是大忌。

一輝用力瞪大雙眼，彷彿要射穿愛梨般狠狠瞪她。

不過眼神也變得更加銳利的愛梨回嘴：

「因為你這種說法，不就是把隼人他們當成『只因為知道』你是百百學姊——MOMO的弟弟，態度就會一百八十度大轉變的那種人嗎！」

「妳……妳懂什麼！」

「我當然懂！」

「！」

「我跟昨天那個女孩子說過話！……她勤奮努力，個性直率，不會用有色眼光看待他人，跟『那些人』不一樣……！這種事，你應該比我更清楚吧！」

「唔！這……」

「既然明白！那你為什麼不敢信任『朋友』呢……？」

愛梨眼角泛淚，說話時聲音都在顫抖。

簡直像在祈求——所以馬上就說進一輝的心坎裡了。

愛梨說得完全正確。

一輝相信隼人這些朋友。

不可能不相信。

從至今絕對稱不上短暫的交情，他當然清楚理解他們的為人。

可是將手放上胸口回想往事時，「過去那些事」還是會一一閃過腦海，讓一輝的臉難看地皺成一團。

情況至此，他心中還是存在某個猶豫不前的理由。

「——我很害怕。」

「……害怕？」

「怕大家顧慮我的感受，對我失望透頂，或是覺得我跟以前截然不同……我不想被他們討厭……」

沒錯，他很害怕，也不想被討厭。

回想起來，他也對前女友(共犯)坦承過這件事。

不管有多信任，以前被說成叛徒的痛苦總是會砸在心底隱隱作痛。感覺很沒出息，讓一輝不禁皺起臉。

他知道自己變得膽小，也曾試著擺脫這一切。
結果還是徹底失敗，他忍不住自嘲。
愛梨卻露出溫柔的笑靨，彷彿要包容一輝的自卑。
「別露出那種表情。」
「……咦？」
「你逼自己強顏歡笑，那些人也會跟著心痛……他們是很優秀的一群人吧？」
「……啊。」
「所以你要稍微拿出勇氣露出笑容給他們看，要挺起胸膛。」
「……嗯，沒錯，妳說得對。謝謝妳，愛梨。」
「呵呵，不客氣。」
說完，愛梨淺淺一笑，接著讓一輝向後轉，往他背上用力一推。
「愛梨？」
「喏，打鐵要趁熱。隼隼應該也很著急吧？」
「嗯，應該是。」
「對吧？」

看樣子是要他回自己房間，趕快跟隼人聯繫。

一輝卻覺得不太對勁。

也馬上就發現原因。

愛梨的表情跟過去契約交往的時候不一樣。

可是——

一輝心生猶豫。這種話對愛梨來說算是肯定還是否定？

說出來可能會惹她生氣，或許會傷她的心。

但愛梨都提醒自己要拿出勇氣了，他也從伊織和惠麻的案例學會表達的重要性。

於是一輝「嗯」地屏息後說道：

「那個，妳剛剛那些話非常直接，很像以前國二運動會跑接力賽時那樣。」

「…………………咦？」

「妳不記得了？在攸關勝負的那場關鍵比賽，妳因為其他人都是隸屬於運動社團而心生恐懼，覺得自己一定會輸，但還是盡妳所能奔跑的模樣，耀眼得讓我難以忘懷……所以當時我才第一次跟妳搭話……」

「……有這種事？」

「啊哈哈，有啦。」

一輝將愛梨疑惑的嗓音拋在後頭，轉身回到房間，接著從書包裡拿出手機坐在床沿。

打電話……難度有點高。老實說，他現在還需要一點心理準備才敢跟隼人直接交談。

但他還是想傳達自己的心情，於是打開訊息頁面。

他不斷寫了又刪，直到天色全暗，房裡的光源只剩下手機螢幕的光線時，才終於寫好可以傳送的訊息。

他做了個深呼吸，順勢按下送出鍵。

『明天的集合地點跟時間沒變吧？』

訊息內容沒什麼特別之處，佯裝跟平常一樣。

一輝也知道自己設下了不少算計和防線。

胸口躁動不已，急不可待地等著隼人回應。

過了一分鐘？兩分鐘？還是五分鐘？

一輝瞪著螢幕好一會。

隼人可能沒注意到訊息，或是現在不方便馬上回覆。用這些話說服自己後，一輝正準備起身，結果隼人回覆了。

『沒變，四點半直接在現場集合。』

沒什麼情緒，很像他的作風。

但隔了幾行空白後，下面又補了一句：

『不要遲到喔。』

看到這句相信一輝會來的話，一輝低聲說了句「好啦」，眼眶也熱了起來。

◇◇◇

「愛梨，我送妳回家。」

生性懶散的百花難得說了這種話。

因為沒理由拒絕，於是愛梨跟百花手牽手，走在被明亮街燈照亮的住宅區。

來到可以看見無數車輛行駛的大馬路時，愛梨說出了心裡話。

「輝輝很卑鄙吧。」

「……愛梨。」

「我以為只有我一頭熱……聽到那種話會是什麼心情，他倒是站在我的立場想想啊。」

「……嗯，對呀。」

「啊～討厭，笨蛋！笨蛋笨蛋笨蛋，輝輝大笨蛋！花花公子！天生小白臉！」

「我的教育方式起了奇怪的作用啊～」

聽到百花的吐槽，愛梨輕笑出聲。

可是愛梨忽然皺起臉。

「不過我卻對此感到開心，反而更無法放棄了，我真是傻……」

愛梨的說話聲因為流淚而顫抖，消失在行駛於大馬路的貨車聲中。

愛梨停下腳步站在原地。

百花則從旁緊緊擁住愛梨。

「我真的很喜歡愛梨喔。」

「…………嗯。」

第7話

和重要的人共度秋日祭典

秋日祭典當天。

隼人在盥洗室拿著手機，一臉為難。

鏡中的自己穿著浴衣，充滿非日常的氣息。

「不會很怪吧……？」

他是第一次穿浴衣，所以內心充滿憂慮，比如用手機拚命查過綁法的腰帶有沒有綁好，或是自己穿起來好不好看。

而且不可思議的是，他居然也擔心髮型有沒有弄好。

他抓起一撮瀏海，皺著眉頭。這時客廳傳來催促聲。

「哥，還沒好嗎～～？」

看來姬子早就準備好了。情況跟平常完全相反，隼人不禁苦笑。

他往鏡中的自己瞄了一眼，並陷入沉思。

回到客廳的隼人決定向姬子求助。

「欸，姬子，可以幫我的頭髮做點造型嗎？」

「……咦？」

姬子的眼睛立刻瞪得又大又圓，似乎難以置信。

看到妹妹的反應，隼人一臉不滿地心想「我說的話有這麼奇怪嗎」，下一秒姬子就飛快衝過來拉住他，逼他坐在沙發上。只見姬子笑容滿面地拚命點頭。

「很好，嗯，哥，真棒，比想像中還要適合你。沒想到你穿上明亮色系這麼可愛，而且機會難得，當然會想好好弄個搭配浴衣的髮型嘛。」

「！喔、喔，是啊，嗯……」

內心閃過的想法居然被妹妹看透還點了出來，隼人因為害羞，冷冷地回了一句。

但姬子毫不在意，喜不自禁地抓著哥哥的頭髮。

「對了，浴衣是哥自己挑的嗎？該說品味很不錯嗎？我還以為你平常對這沒興趣，所以很意外耶。」

「雖然最後是由我決定，不過一輝先幫我找了幾件候選。」

「！」

隼人不經意說出一輝的名字，讓姬子頓時停下手邊動作。

隼人皺著眉心想「是不是說錯話了」，姬子的手卻又馬上動了起來。

「這樣啊，那我也得加把勁，不能輸給哥哥朋友的品味。」

「嗯，交給妳了。」

「真是的，如果哥自己會做造型該有多好。」

「我以後會看著辦啦。」

「好，完成了！」

「謝謝。」

「好啦，沙紀跟小春應該在等我們，快點快點！」

「知道了，知道了啦！」

隼人根本來不及確認成果，姬子就起身示意造型和話題都告一段落，推著隼人的背要他快點出門。

在玄關換上木屐時，隼人順便瞥了一眼玄關的全身鏡，鏡中的自己稍稍擺脫了俗氣，散發出時髦的感覺。

他的臉頰因為害羞而微微發熱，不過感覺還不錯。

於是隼人踏著輕快的腳步前往車站前。

來到離家最近的車站，卻沒看見春希和沙紀的身影，看樣子是他們先到。

隼人先買好車票後，在滑著手機的姬子身邊東張西望地窺探四周。

假日接近傍晚的車站前比想像中充滿活力。

有很多穿著浴衣的人，可能跟隼人他們一樣要參加祭典，四處瀰漫著興奮難耐的氣息。

與其主動找人，讓春希她們找到自己可能比較好。

隼人這麼想，正準備拿出手機時，忽然被人有些顧慮地喊了一聲。

「久、久等了……」

「啊，春……春、希……？」

隼人覺得「時間點真剛好」並抬起頭，一看到春希的模樣便不禁屏息。

金魚在白色布料上游來游去的花樣感覺有點孩子氣，配上鮮豔的紅色腰帶。是將長髮綁成丸子頭嗎？從正面能隱約看見髮飾，但看起來很像短髮，給人一種帶著稚氣的印象——也讓隼人聯想到以前的「春希」。

那個春希長大後就是這種感覺吧。

如果她小時候就穿上這種浴衣，隼人或許不會把她誤認成男孩子。

「……」

「……」

隼人目瞪口呆地直盯著眼前的春希。

心臟跳得好快。

他知道該說點什麼，喉嚨深處卻乾巴巴的，讓他說不出話。

雙方只是靜不下來地看著彼此。

「對、對不起，我遲到了～～！」

「「！」」

這時沙紀也來了。

她的聲音讓兩人倒抽一口氣。

「啊，沙紀，沒關係啦，我才正要打給妳。我們也剛到不久。」

「哇、哇，電車來了～～！」

「真的耶。哥、小春，電車都來了，我們就搭那一班去吧！」

與此同時，平交道也發出聲響告知電車抵達。

姬子和沙紀慌張地用ＩＣ卡刷過驗票閘口，並對站在原地的隼人和春希用力揮手，要他們快點跟上。

見狀，隼人只說了聲「嗯」就粗魯地將手伸出去。

春希小心翼翼地碰了隼人的手，隼人便立刻緊緊抓住，拉了過來。

隼人也知道自己的反應跟小時候一模一樣，微微低著的臉紅得無法找藉口開脫。

舉辦祭典的神社跟平時常去玩樂的市中心反方向，需要轉乘開往郊外的電車大概三十分鐘。

這個城鎮除了有這座規模稍大的神社，沒什麼特別之處，但只有這天全城都染上非日常的色彩。

走出驗票閘口後，首先映入眼簾的是裝飾各處的廣告旗幟和燈籠，穿著五彩繽紛浴衣的人們還有招呼客人的各式攤子，充滿活力的氛圍一路延伸至後方的神社。

跟月野瀨那種以儀式為主的祭典不一樣，感覺很像廟會。

「哇，人好多喔，因為祭典嗎……」

「除了我們，旁邊的人也都穿著浴衣，好像來到異國喔。」

「沙紀、小春、哥！快看快看，有好多攤販喔！」
「啊，好厲害～～！棉花糖轉啊轉的，好蓬鬆喔～～！」
隼人一行人目瞪口呆地愣在原地，但祭典的熱氣立刻包覆全身，情緒也逐漸高昂。
春希和沙紀一樣興奮難以冷靜，雙眼綻放光芒，看著眼前的事物覺得很稀奇。姬子現在也一副就要衝出去的樣子。
「喔，伊織跟……一輝他們，好像還沒到呢。」
隼人用有些僵硬的語氣這麼說，放眼望向四周，沒見到他們的身影。
他拿出手機確認時間，發現離約定時間還有十五分鐘左右，也沒人傳訊息告知會遲到。
尤其昨晚才特地叮囑過一輝不要遲到，看他的樣子應該不會臨時放鴿子。
當隼人皺著眉心想「要怎麼打發說長不長、說短不短的這段時間」時，一旁忽然傳來「咕嚕～～」這般可愛又響亮的肚子叫聲。
跟聲音的主人對上視線後，春希紅著臉低下頭開始找藉口。
「其實我早上跟中午都沒吃……」
聽到這個很像春希的理由後，不只隼人，姬子跟沙紀也都忍不住噴笑出聲。
「討厭～～不要笑啦！因為我很期待祭典的攤販啊！」

「啊哈哈，抱歉、抱歉！別擰我的手啦！」

「春希姊姊……」「小春真是……」

春希猛擰隼人的手背表示抗議。隼人雖然嘴上喊痛，還是露出溫暖的眼神一笑置之。

沙紀面帶苦笑，姬子則一臉傻眼地覺得「他們又開始了」。

這時又傳來一陣更響亮的肚子咕嚕聲，是春希以外的人發出來的。

所有人的視線集中在聲音的主人身上。那人就是姬子。

臉頰羞紅的姬子清了清喉嚨，試圖帶過現場的尷尬氣氛。

隨後她緩緩地硬是拉過春希的手。

「咪呀！」

「小春，離集合還有點時間，要不要在大家來之前先吃點東西？」

姬子語速飛快地這麼說，就直接衝向攤位，春希只能乖乖被她拉著走。兩人一轉眼就消失在人群當中。

目送兩人離去的隼人和沙紀看著彼此，露出苦笑。

「哎，畢竟姬子也沒吃午餐，早餐只吃優格而已。」

「其實我中午也只吃超商的沙拉。」

「這麼說來，我中午也只吃一點點茶泡飯。」

「……嘻嘻。」

「……哈哈。」

沙紀吐出舌尖，露出淘氣的表情這麼說。隼人也坦承自己做了同樣的事，兩人都輕笑起來。

可見隼人和沙紀也很期待祭典美食。

「……嗯？」

「怎麼了？」

「噢，沒事……」

隼人忽然發現他們被很多人盯著看。

他疑惑地循著眾人的目光看去，發現是沙紀。

剛才春希令人驚豔，電車又比想像中擁擠，所以隼人現在重新審視沙紀的模樣，才理解了原因。

今天沙紀穿著紅底配上簡單黑白花紋的華美浴衣，把充滿特色的淺色頭髮綁成捲捲的雙馬尾，感覺可愛又俏麗。

明明浴衣跟在月野瀨常看到的巫女服都是以紅白為主體，髮型也是紮成兩邊，看起來卻像班上那種人氣頂尖的陽光女孩。

隼人忽然有種莫名的錯覺，彷彿過去在月野瀨的沙紀漸漸被取代成眼前這個女孩子，讓他有點慌了。

沙紀又可愛地微微歪頭看著他的臉，於是他急忙找藉口解釋。

「怎麼說呢，今天妳身上既有月野瀨的樸素感，又有前陣子那種都會感，該說是覺得新鮮卻懷念嗎？還是對妳的認知改變不少……」

「呵呵，聽你這麼說我很開心，其實我有往這方面努力。」

「呃，那個，我覺得妳這樣非常、可愛……」

「可、可愛……啊唔唔～～……」

隼人跟之前一樣變得語無倫次，好不容易才把心裡話擠出來。他最近老是被沙紀搞得心慌意亂……而且原因顯而易見才更糟糕。

另一方面，沙紀聽了隼人直接的稱讚而不禁屏息，臉蛋漲得通紅。

但也僅只一瞬，隨後她抿嘴轉了個身，用一隻手輕輕撥開頭髮。

「今天我也在髮型上下了點工夫，像是平常看不見的後頸……怎麼樣？」

「！」

這次換隼人面紅耳赤了。

看到沙紀平常被掩蓋住的纖細頸部毫無防備地暴露在外，隼人嚥了嚥口水。

初雪般白皙柔軟的肌膚充滿魅力，甚至讓隼人產生糟糕的念頭，想在上頭胡亂蹂躪留下自己的印記。

「哥哥，你心動了嗎？」

「！啊～～不是，那個……」

「嘻嘻。」

沙紀轉過頭，露出宛如惡作劇成功的孩子的笑容，卻又帶著一絲妖豔，讓隼人心臟跳得更快了。

看來除了外表，沙紀的想法也變得比以往大膽許多。

隼人輕輕舉起手表示投降。

「女孩子居然有這麼多樣貌，嚇死我了……」

剛剛的春希也是，隼人不禁咒罵對兩人都毫無節操地心跳加速的自己。

「嗨，隼人。」

「你好，霧島同學。」

「伊織、伊佐美同學。」

伊織對他們揮了揮手，和惠麻一起走過來。

兩人的表情還有幾分僵硬，但緊緊牽著彼此的手，而且跟之前一樣是十指緊扣，想必兩人的距離又拉近了。

伊織的浴衣是藍黑底配上華麗的圖樣，惠麻則是深藍底配上低調的花紋，站在一起十分相配。兩人之間的和諧氣氛就像調皮的弟弟和喝斥他的姊姊。

隼人也露出無比欣慰的微笑。

這時沙紀眼中充滿光芒，「啪」的一聲合起雙手。

「惠麻姊姊，最後妳選了這件呀！」

「嗯，是啊。那件就、有點……對吧？」

「確實有種角色扮演的感覺，很像花魁。」

「實在不適合穿到外面……呃，那件還是下次在房間裡偷偷……啊！」

「那件也買了呀！」

「惠麻？」

「～～～！」

伊織被惠麻出乎意料的告白嚇了一跳。

惠麻羞答答地說：「阿伊喜歡那樣嘛。」伊織的臉又紅了幾分，好不容易才說出「謝謝妳，我很期待」這句話。

現場瀰漫著光看就讓人嘴裡發甜的氣氛，隼人也瞇起眼睛觀望。

伊織像是受不了這股氣氛般開口問道：

「對了，隼人，其他人呢？只有小巫女嗎？」

「姬子跟春希也有來啦……」

他被伊織問得吞吞吐吐。該怎麼解釋才好呢？

隼人不禁皺起眉頭，這時身後忽然傳來「啊！」的一聲。

回頭一看，是春希和姬子。

她們雙手捧著章魚燒、烤魷魚、炒麵、炸雞串和什錦燒，根本準備好要大吃特吃了。

「哇，惠麻學姊的浴衣好美喔！跟男朋友站在一起好登對……對吧，小春？」

「嗯嗯，畢竟是精挑細選的結果嘛。」

「謝、謝謝妳們，春希、姬子，妳們的浴衣也很好看。」

「是、是嗎？嘿嘿嘿。」

「我今天的髮型是精心設計的喔！」

姬子為了展示浴衣造型，當場轉了一圈。

她穿著白底配上紅黑條紋的浴衣，髮型是用梳子刮蓬的高馬尾，營造出留有稚氣又成熟的氛圍。

姬子、春希都跟沙紀一樣，是引人注目的美少女。

但兩人手上捧著一大堆攤子的小吃。看著貪吃形象完全勝過美色的妹妹，隼人輕輕按著隱隱作痛的太陽穴。

沙紀也不知不覺加入其中，女孩們熱烈討論起浴衣的款式。

在一旁看著的伊織嘀咕：

「再來只剩一輝了……」

「是啊……」

聊到一輝，兩人的聲音都變得有些尷尬。

讓他們耿耿於懷的果然還是前幾天一輝坦誠的祕密（姊姊）。

事件發生後，只有一輝逃也似的先回家了。昨天在學校碰面時也故意躲著他們。

若說他們一點也不在意，那是騙人的。

「嗨，我好像來晚了！」

這時一輝氣喘吁吁地跑了過來。

隼人看向一輝，發現他身後有兩個一臉遺憾的女性。

一輝的穿著雅致又穩重，乍看之下可能會覺得有點樸素，他卻穿出了成熟風雅的韻味，非常帥氣，難怪會被她們搭訕。

隼人跟伊織看著彼此露出苦笑。

「啊啊，那個，搞什麼，今天也遇到那種事啊。」

「她們看到你們就很乾脆地收手了，還算好處理。」

「這樣啊。」

「嗯。」

「……」

「……」

對話到此為止。

兩人都露出僵硬的微笑，一句話也說不出來，伊織也一臉為難地皺著眉頭。

現場瀰漫著有些尷尬的氣氛，但姫子「啊～～！」的一聲立刻打破了僵局。

「我看到了，一輝學長，你又被倒追了吧？還是這麼受歡迎耶～～」

「姫子？」「姫子……」

姫子彷彿完全沒把上次的事當一回事，用一如往常的態度跟一輝搭話。

「對了，上次我被你姊的事嚇了一大跳耶！但看你這麼受歡迎，好像也可以理解啦。」

「咦？啊、嗯……？」

而且還若無其事地提起隼人他們難以啟齒的話題。

對於姫子這種有點白目的行為，大家都不禁捏了把冷汗。

一輝也難掩困惑。

隨後，姫子忽然露出溫柔的笑靨。

隼人忍不住睜大雙眼。

那一天。

回到月野瀨的那天晚上。

姫子在隼人面前也露出這種充滿慈愛的成熟表情，於是他不禁屏息。

姫子對跟隼人一樣瞠目結舌的一輝淺淺一笑，並用帶著幾分揶揄的輕快口吻說道：

「幹嘛一臉無精打采啊？還是你覺得可惜，不該讓剛剛跟你搭訕的女孩子逃掉？」

「才、才沒有……」

「發生那件事以來，我到剛剛都還一直在思考你的問題，可是像這樣見了面之後，我就豁然開朗了。前天我們雖然都很驚訝，但姊姊是姊姊，一輝學長是一輝學長。你跟以前一樣，還是哥的朋友啊。」

說完，姬子忽然往春希瞥了一眼。

接著把手上那枝只吃了一個的炸雞串塞進一輝嘴裡。

「嗯咕！」

「好啦好啦，吃完這個以後像平常一樣笑一笑，打起精神吧！這可是難得的祭典耶，對吧？」

姬子的表情變回平常那種可愛的微笑。

完全跟不上情況的一輝眨眨眼睛，嚼著口中的炸雞。

當大家都被突如其來的狀況嚇傻時，沙紀忽然驚訝地大喊：

「小姬居然把自己的食物分給別人～～～！」

「！真的耶……姬子、竟然……！」

沙紀提出這一點後，隼人也忍不住驚呼。

隼人和沙紀開始吵嚷起來，春希也驚訝地猛眨眼睛。

將各種複雜思緒連同炸雞一起嚥下肚的一輝像是再也忍不住般放聲大笑。

「……噗、啊哈哈哈哈哈哈哈哈哈！」

「一、一輝學長？哥、沙紀，你們很討厭耶，剛剛是什麼意思！」

「什、什麼意思……畢竟是那個姬子耶，對吧？」

「嗯，小姬居然把自己的食物分給別人……」

「唔～～～！」

姬子不滿地嘟起嘴脣。

隼人和沙紀繼續追擊般對她吐槽後，大家紛紛笑了起來，氣氛也恢復以往。

然而找回平常笑容的一輝對獨自生悶氣的姬子說：

「謝謝妳，姬子，炸雞非常好吃，我也打起精神了。為了答謝妳，妳想吃什麼就吃。」

「！你要請客嗎！」

「手下留情喔。」

聽到這句話的姬子頓時消氣，立刻拉著一輝的手喋喋不休地催促他。

於是不知所措的一輝乖乖地被她帶走了，就跟剛才的春希一樣。
「……我們也跟過去吧。」
「是啊。」
「好！」
隼人他們也追上兩人的腳步。
與月野瀨不同的都市祭典即將展開。

首要之務是填飽肚子。
一行人漫步於祭典的喧囂氣氛中，同時物色各自想吃的食物。
鎮上到處設置的喇叭傳出祭典的音樂聲。
將大馬路兩側塞得密密麻麻的攤位也傳來令人食指大動的香氣。
人們的歡聲笑語從四面八方湧來。
只有這天才能見到的特殊街景。
來往行人都換上浴衣，宛如通往這座異世界的護照。隼人如此心想，看著眼前吵吵鬧鬧的那兩個人。

「哇，雞蛋糕也很好吃耶！一輝學長，你真的一口都不吃嗎？」

「啊、啊哈哈，剛剛我已經吃過鯛魚燒、可麗餅跟奶油馬鈴薯了……不過姬子，妳居然還吃得下……」

「姬子！」

「還不夠呢，我還能吃～啊，是蛋包炒麵！還有烤玉米！」

姬子的食慾已經徹底解放，完全沒在客氣，被她帶著到處跑的一輝嚇得渾身顫慄。

吃著章魚燒的隼人皺起眉頭，思考該怎麼唸唸這個態度旁若無人的妹妹。

這時沙紀問道：

「哥哥，怎麼了嗎？」

「沒有啦，我只是覺得該出手解救一輝了。」

「啊哈哈，小姬真的很興奮呢。」

「我能理解姬子的心情啦，這個章魚燒的味道明明很廉價，我卻覺得莫名好吃。」

「啊，我懂！一定是因為這種地點的加持吧。而且看到平常不會吃的食物，也會忍不住伸出手呢。」

「對了，沙紀，妳吃的是沙威瑪嗎？那個土耳其料理。」

「沒錯！肉塊在店面轉啊轉的樣子讓我很震撼，不知不覺就買了！」

「這麼說來，我也沒吃過耶。」

「那要吃一口嗎？這好像是最近新開的知名店家，撇除祭典氣氛還是很好吃喔！」

「哦，那我就不客氣了。」

「……啊。」

隼人咬了一大口沙紀遞過來的沙威瑪。

高麗菜和洋蔥絲完美承接住裏上甜辣醬料的牛肉，和稍微烤過的麵包在口腔融為一體。

原來如此，這種美味跟漢堡不太一樣，搞不好很下飯。

「……嗯，這真的很好吃耶，我等一下也來買……嗯，沙紀？」

隼人津津有味地吃著沙威瑪，沙紀卻莫名臉紅，視線游移不定。

隼人對她的反應感到不解。於是沙紀別開目光，難以啟齒地說出理由。

「那個，這樣就變成間接接吻了……」

「！」

如今才發現這件事的隼人心跳立刻加快。

因為沙紀遞過來的動作太自然了，他根本沒意識到。

「就是那個啦！感情好的朋友都會交換食物吃或輪著喝飲料嘛，那個，這很正常啦！」

「啊，對！我、我跟哥哥感情很好嘛，這點小事很正常吧！」

「嗯嗯，正常正常！」

「呵呵，嘿嘿嘿。」

沙紀像在掩飾害羞地嬌憨一笑。

配合隼人的說詞接話——如沙紀所願，隼人最近跟她的距離急速拉近。

話雖如此，不論是這種時候的應對方式，還是如何拿捏跟異性之間的距離，都不是容易的事。

因為年紀比較大，隼人也想做做面子，在妹妹的朋友面前展現出可靠大哥的一面，難度就更高了。

隼人內心如此糾結時，忽然被人拍了肩膀。

「嗯？春希？」

回頭一看，發現春希一手拿著巧克力香蕉。

她嘴巴彎成w型，一臉想到什麼壞點子的表情。隼人有種不祥的預感。

「來，這是巧克力香蕉。」

「……巧克力香蕉啊。」

「感覺又黑又亮，看起來還往後翹呢。」

「……畢竟是巧克力香蕉啊。」

「我覺得經典橋段還是很重要呢。」

「啊，喂！」

說完，春希就吐出舌尖妖嬈地舔過嘴脣，下一秒她給人的感覺就變了。

她用蠱惑的眼神故作媚態，逮到機會就要勾引人似的，臉上還勾起魅惑無比的微笑。

沙紀不禁屏息，隼人則露出傻眼的眼神。

「呼～～……我舔……嗯！」

她帶著淫蕩的表情往巧克力香蕉吐出炙熱氣息，隨後舔了往後翹的部分，那裡便因為唾液而充滿光澤。最後她還往那裡親了一下。

周遭行人都盯著春希。她的放蕩神情惹來不少目光，隼人的表情也越來越難看。

「啊唔……嗯咕、嗯……啾嚕！」

春希不顧旁人反應，越玩越起勁地一口氣將巧克力香蕉含進喉嚨深處，然後瞬間皺起眉頭「嗯！」地作嘔，接著又做出吸吮動作。

沙紀驚慌失措，臉紅到頭上都要冒出蒸氣了，周遭的紳士們也快把持不住了。隼人憤怒地皺著眉頭——舉起手刀用力劈向春希的頭頂。

「夠了，不要玩食物！」

「嗯咕～～！嗯、咳、咳！」

頭頂受到強烈衝擊後，春希不小心咬斷香蕉，吞進喉嚨而嗆到。其他紳士們不禁縮起身子，感同身受般痛苦地把臉皺成一團。

「……真是的。」

隼人傻眼地嘆了口氣，春希卻只是笑嘻嘻。

這時沙紀才終於回神，急忙跑到春希身旁。

「春、春、春、春希姊姊！天色還這麼亮，又在外面，不可以做這種色色的事！」

「咪呀！沙紀居然看得懂……對喔，我也跟妳介紹了很多色色的遊戲嘛！」

「～～～！春希姊姊～～！」

春希被沙紀訓了一頓。

隼人無奈地聳肩嘆息。

又變回最近那種日常的感覺。

但春希剛才的舉動確實讓他心裡小鹿亂撞。

春希被旁人用下流的眼神盯著看，也讓他心裡很不是滋味。

為了掩飾在心中翻騰的焦躁情緒，隼人用力搔搔頭，別開視線。

結果看見伊織和惠麻默默牽著手玩著水球。他看了一會，不禁笑了。發現隼人的反應後，伊織滿臉通紅地將臉轉向一旁，像是要他別管他們。

這時，隼人才發現春希剛剛說了無法忽視的一句話。

「介紹色色的遊戲……？」

當大家將攤位小吃嚐過一輪，慢慢填飽肚子時。

隼人把猛吃刨冰後開始頭痛的姬子擱在一旁，找神情若有所思的一輝搭話。

「那個，我妹給你添麻煩了。」

「隼人，沒事啦，我也很開心。但就是，呃……」

「……一輝？」

見一輝吞吞吐吐，隼人疑惑地歪著頭。

他被完全不會察言觀色瘋狂猛吃的妹妹帶著到處跑，隼人還以為他會很困擾，不過似乎沒這回事。

現場瀰漫著有些尷尬的氣氛。

之後一輝才帶著略顯抱歉的表情開口：

「那個，我住的那一區有幾隻居民都很疼愛的流浪貓……」

「是那種耳朵被剪一角的絕育貓嗎？」

「嗯，沒錯。但牠們畢竟是野貓，警戒心很強，好幾隻看到人都會馬上逃走……」

「哦，然後呢？」

「但牠們對食物有反應，所以有人會拚命餵牠們食物，我好像能懂那些人的心情……」

「…………噗！啊哈哈哈哈哈哈哈哈哈哈！」

「不、不可以告訴姬子喔！」

「我知道啦！」

妹妹（姬子）疑惑地看向忽然放聲大笑的哥哥。

她正在讓春希和沙紀看自己吃完哈密瓜刨冰後變成綠色的舌頭。

看到這樣的姬子，隼人和一輝面面相覷，再度笑了起來。

這時，有人拉了隼人的袖子。

隼人往那個方向看去，發現是一臉急躁的春希。她眼中充滿好奇，感覺還帶著挑釁的火苗。

「隼人，你看那個。」

「撈彈力球……噢，彈力球，好懷念喔。」

「是不是！」

「彈力球……是什麼呀？」

看到小時候常玩的玩具，隼人懷念地瞇起眼睛。

這時沙紀露出毫無頭緒的表情加入話題。隼人將手放在下顎「嗯～～」地沉思一會，開口解釋：

「簡單說，就是彈力超強的橡膠球吧？」

「對對對！我們以前常常把彈力球往地上砸，看誰彈得最高吧！」

「啊哈哈，而且經常會彈到屋頂上。但這裡人這麼多，也不知道會彈到哪裡去，感覺玩不起來耶。」

「不過可以比賽誰撈得比較多啊。」

「哦，要比嗎？」

「呵呵，讓你見識一下我的撈網技術吧。雖然我沒玩過就是了！」

「居然沒玩過喔！但我也沒有啦。」

「感覺會是一場精采的比賽。啊，沙紀也要來嗎？」

「我、我嗎！」

春希立刻抓起沙紀的手，拔腿就跑。

姬子見狀，像是不想被丟下而急忙把剩下的刨冰扒進嘴裡，結果頭又痛起來了。

隼人對妹妹的行為無奈地聳聳肩，這時伊織上前說道：

「那隼人你們去玩撈球，我們去玩隔壁的戳糖餅。」

「呵呵，那種小遊戲我可不會輸給阿伊喔！我要為去年的失敗一雪前恥！」

「哦，是嗎？知道了。」

伊織和惠麻也熊熊燃起鬥志。

看來這對兒時玩伴對戳糖餅遊戲有某種無法讓步的堅持，只有他們兩個才知道。

「姬子，我們也去玩戳糖餅吧，糖餅好像有很多口味喔。」

「！那種糖餅可以吃嗎！」

姬子對糖餅可以吃這一點有了反應。

一輝也愉悅地笑個不停。

隼人露出一言難盡的表情，追上春希和沙紀的腳步。

在流速和緩的小小水池中，彈力球密密麻麻地漂在水面上。

隼人和春希一手拿著撈網，展開激烈的比拚。

「好耶，撈到了，我撈到了～～！我贏啦～～！」

「唔咿咿咿咿咿咿咿咿……！」

隼人將握著撈網的拳頭高舉向天，發出勝利的吶喊。

春希懊悔地咬牙切齒。

他們的碗原本都是空的，終於放進了第一顆彈力球，旁邊還各有五枝破掉的撈網。

兩人的戰鬥水準非常低。

在旁邊玩的小孩子應該是小學生，碗裡都有好幾個彈力球。

「大叔，再給我一枝！」

「喂喂，春希，已經分出勝負了吧。」

「……小姐，妳還要玩嗎？」

攤子老闆用同情的眼神看向一直撈不到球的春希。

連原本氣得堅持要撈到球的隼人都出聲制止。

結果春希有些不滿地嘟起嘴脣，往某個方向一瞥。

「因為，你看那邊……」

「那邊……嗯……」

「哇、哇，又撈到了！這顆應該也可以……嘿！撈到了！」

只見沙紀碗裡的彈力球已經多到要滿出來了，她現在也忘我地繼續撈球。

彈力球彷彿被沙紀的撈網吸過去並跳進碗裡，堪稱神技。

周遭的小學生們也用充滿尊敬的閃亮雙眼看著她說：「大姊姊好強喔～～！」攤子老闆已經快哭出來了。

「……只有我一顆也撈不到，感覺很不甘心啊。」

「我懂妳的心情，但沙紀的技術真的很好耶。」

「果然是神社加持嗎？沙紀是巫女，所以有某種力場增強的能力？」

「哪有那種事。」

「嗚嗚嗚，我也好想撈那麼多，再用『雜魚♡、雜魚♡』這種話挑釁你喔。」

「啊哈哈！太可惜啦！」

隼人笑著大聲調侃，春希也氣得鼓起雙頰。

這種事從小時候就發生過無數次。

然而春希忽然用嚴肅的嗓音說出心裡話。

「……我不想輸給沙紀。」

「不，現在要逆轉應該——」

春希自己也露出驚訝的表情。

看到這太過意外的表情，隼人也將後面的「不可能吧」四個字吞下肚。

為了趕走下一秒就要變凝重的氣氛，春希大喊：「好，大叔，還是再給我一枝吧！」

隼人見狀，也搔搔頭說「那我也要」，並對嚇得直眨眼的春希笑了笑。

「隼人……？」

「來比第二場吧！」

「——唔、嗯！」

於是隼人和春希一手拿著撈網，再次瞪向漂著彈力球的水池。

隼人忽然發現氣氛恢復了。

所以他現在終於能說出剛才沒能說的話。

「對了，我覺得今天的春希啊……」

「嗯？」

「很像以前的『春希』耶。」

「！」

春希頓時肩膀一顫。

接著朝隼人露出宛如惡作劇成功的笑容。

「這樣啊。」

◇◇◇

戳糖餅攤販在旁邊設置了一張桌子，姬子正在桌前用一手拿著針，嚴肅地盯著糖餅。

「唔、唔唔唔……」

糖餅上畫著充滿躍動感的馬匹，姬子不停動手削著線條。

溝槽越削越深了，感覺再努力一下就能戳出來。

她本想從現在開始一口氣鼓起精神，卻變得更緊張。剛剛就是在這一步失敗了。慎重，一定要慎重。

小心駛得萬年船，不可再重蹈覆轍。

隨後她終於順利削完線條，安心地吐了口氣。同時旁邊傳來「啊！」一聲慘叫。

姬子往旁邊看，就和神情尷尬的一輝對上視線。

「戳糖餅真的好難，我又失敗了。」

說完，一輝把破掉的Q版香菇糖餅拿給姬子看。

一輝剛才就只挑戰簡單的圖案，但還是全部失敗。可能是因為覺得連續失敗好幾次很丟臉，一輝皺著眉頭用食指搔搔臉頰。

見狀，姬子露出帶著一絲揶揄的笑容。

「一輝學長，沒想到你手這麼笨耶～」

「好像是耶，我自己也嚇到了。雖然我對自己的腳下功夫滿有自信的。」

「啊哈哈，我記得你是足球隊嘛。說到意外，惠麻學姊他們……」

「對啊……」

姬子和一輝將視線轉向隔壁桌圍著的那群人，惠麻與伊織就在人群中心。

兩人手上的糖餅是約莫筆記本大小的特製尺寸。

惠麻的圖案是艾菲爾鐵塔。

伊織的圖案是姬路城。

任誰看了都覺得是超高難度。

在周遭群眾的注視下，兩人較勁般用宛如影片快轉的極快手速戳著糖餅，轉眼間就把圖案戳下來了，精采絕倫的表演把旁人都嚇得啞口無言。

「真的很強耶……」

「嗯，真的很強。」

一輝說到這裡稍作停頓，接著重新看著姬子問道：

「對了，姬子，妳不去伊織和伊佐美同學那裡看看嗎？」

「嗯～我確實有點心動，但與其看他們做，還是自己玩比較有趣吧。」

「原來如此。比起看足球賽，我也更喜歡自己踢球，好像能懂妳的心情。」

見一輝認同自己的想法，姬子笑著回答：「就是說啊～」

「不過說到意外，一輝學長也是。因為你每件事都處理得又快又好，還以為你也很會戳糖餅呢～」

「沒這回事，完全沒有，尤其是在人際關係上處處碰壁。」

「是嗎？」

姬子回想他以前跟哥哥玩在一起，還有在打工時讓女孩們尖叫連連的畫面，不可置信地露出疑惑的表情眨著眼睛。

一輝對姬子露出自嘲的淺笑。

「這次就是因為我瞞著姊姊的事……不只這樣，國中時我也踢過大鐵板。妳記得嗎？就是我們去看電影的時候。」

「啊～～……」

經一輝這麼一提，姬子就想起來了。

當時那些人用「叛徒」一詞詆毀一輝，一輝卻只是默默忍了下來。

雖然不知道一輝發生過什麼事。

但在姬子眼中，一輝就只是哥哥的朋友。因此她說了一個篤定的事實：

「嗯～～但一輝學長不會背叛我或哥吧？」

「那當然！」

「對吧。反過來說，你就是因為相信我們，今天才會來參加秋日祭典呀。」

「這、這……！可以、這麼說吧，但是……！」

一輝表情出現動搖、糾結、同意、驚愕等各種思緒，在在證明他今天來到這裡之前有多麼苦惱。

坦承自己是ＭＯＭＯ的弟弟後，馬上就是秋日祭典。如果他來參加，不難想像氣氛會變得多麼糟糕，所以他一定很害怕吧。然而一輝還是相信哥哥和這些朋友，明明可以逃避，卻還是來了。

反之，自己又是如何呢？

「一輝學長很厲害呢。」

「……咦？」

「因為我很軟弱……有些事我怕得不敢跟哥、沙紀和小春說，只是對他們撒嬌又依賴，希望他們能隱約察覺我的心情……唉～我真的還是小孩子啊。」

「姬子……」

這次換姬子臉上浮現自嘲的表情。

一輝馬上變得驚慌失措，著急地叨唸著「呃」、「那個」這些話。不知為何，姬子覺得這個場景似曾相識。

（啊，小春……）

姬子小時候跌倒而哭哭啼啼時，「春希」也是這樣。

而且一輝也有家人是明星，大姬子一歲，又是哥哥的朋友，境遇跟春希很相近。

——我在想什麼啊。

姬子傻眼地嘆了口氣，為自己打氣後站了起來。

「哎喲，明明是祭典，不小心把氣氛搞得這麼凝重。嗯～我想挑戰難度再高一點的糖餅耶，一輝學長呢？」

「！是啊……我也再試一次吧。如果連一個都沒成功，感覺有點……對吧？」

「啊哈哈，那我們去買吧。」

「！」

於是姬子面帶微笑地伸出手，就像以前「春希」做的那樣。

「一輝學長，機會難得，我們就盡情享受這場祭典吧！」

「！好啊！」

不知不覺，太陽已經快要下山了。

明晃晃的燈籠點亮四處，把參道照出了宛如白天的亮度，隨處能聽見人們享受祭典的歡聲笑語。

◇◇◇

結束撈彈力球大戰的隼人他們也走在參道上到處瀏覽。

他第一次參加這種廟會，映入眼簾的一切都十分新鮮，對每件事都充滿興趣，就算只用眼睛看也覺得有趣。

春希和沙紀似乎也是，只見她們不停張望四周。

「啊！」

「對不起！」

「不，我也沒注意到。」

隼人不小心撞上路人，有些懊惱地搔搔頭。

他環視周遭，不知是不是錯覺，感覺人潮比剛來時多了一些。

這時神社土地入口處忽然傳來女孩子「呀～～！」的尖叫聲。

不知發生什麼事的隼人和春希、沙紀面面相覷。

「嗯？怎麼回事啊……春希，妳知道嗎？」

「不知道耶，我記得事前調查的時候，入口處沒有類似的活動啊。」

「要不要去看看？」

「好啊，沙紀。我們走，隼人！」

「嗯。」「好。」

三人一同前往騷動的中心點。

越靠近人潮，就看見有人不停用手機拍照或錄影。聽到騷動中心傳來的聲音後，隼人嘴角開始抽動。

「不會吧，真的是ＭＯＭＯ跟愛梨嗎！」

「可以拍照，真的假的！」

「不好意思，可以跟我握手嗎！」

女孩們搶著搭話的人是兩名俏麗活潑的少女。

「哎呀，愛梨，跟大家揮揮手，笑容再多一點，這是粉絲福利。」

「是啦！我之前的確說過態度坦蕩一點比較好，可是……哎喲～～！」
「嗯～～怎麼辦呀，愛梨，好像把場面鬧太大了耶。」
「鬧太大了！而且我們是不是妨礙到祭典活動了！」
「喔喔！」
「喔個頭啦！總之先到角落去，快點！」
「好～～」
「「「…………」」」
是愛梨和百花。
兩人身上的浴衣華麗得彷彿是從廣告裡跳出來的，卻又穿得非常好看。原來如此，這樣想不引人注目都難。
跟不斷雀躍喊叫的激動群眾不同，隼人他們的表情逐漸僵硬。不知道愛梨和百花在打什麼主意，但這場騷動還是少接近為妙。
一般人看到兩個名人都會想過去看一眼，三人卻反其道而行，不約而同地離開現場。
「啊！」
「哇！」

這時沙紀的腳步有些踉蹌。

儘管春希馬上抓住她才沒摔得太慘，但她看起來已經站不穩了，呼吸有些急促，臉色也很差。

「沙紀妳還好……感覺不太好吧。」

「臉色也很難看……人太多讓妳不舒服嗎？」

「咦？啊……」

聽到春希和隼人關心，沙紀顯得有些不知所措，但這已經如實呈現出她現在的狀況。

和隼人相互點頭確認後，春希就拉著沙紀移動到沒什麼人的洗手亭。

接著讓沙紀坐在洗手亭旁邊的石頭平台上。這裡平常應該是用來放隨身行李的。

「沙紀，妳在這裡休息一下。隼人，沙紀就麻煩你了，我去買點冷飲。」

「好。」

說完，春希就立刻消失在人群當中。

隼人站在沙紀旁邊，跟她一起望向稍遠處的喧鬧人潮。

穿著浴衣的男男女女和帶著孩子的父母源源不絕地穿梭在擁擠的攤子間。

一旁傳來洗手亭嘩啦嘩啦的水聲。

可能是因為離參道有段距離，燈籠的光線照不到這裡，有些昏暗。

眼前的熱鬧祭典感覺離他們很遙遠，就像只有此處被世界切割了。

寧靜的時間緩緩流逝。

不久後，沙紀的狀況好轉了些。

確認沙紀沒事後，隼人用有些生硬的嗓音問：

「什麼時候開始的？」

「……咦？」

「妳是什麼時候覺得人太擠不舒服的？」

「呃，那個……」

然而沙紀視線四處游移，說話吞吞吐吐。看來是從很早之前就不舒服了。

隼人對沒及時察覺的自己感到可恥，臉色越來越難看，也發現自己口氣變差了。

「覺得難受就不要忍。」

「這……這種事當然要忍啊，畢竟大家在祭典玩得很開心。」

「笨蛋，而且妳身體不舒服，之後不只我，大家也都會擔心，所以一定要說出來……伊織跟伊佐美同學之前也是因為這樣才吵起來的。」

「嘿嘿嘿，是沒錯啦，可是——」
這時沙紀稍作停頓，臉上露出靦腆的笑容。
「可是有些事還是很難說出口，畢竟我這陣子才有辦法跟哥哥和春希姊姊說上話……」
「……啊。」
一陣頭部遭到強烈撞擊般的衝擊竄進腦袋。
以前就經常看到沙紀跟在妹妹身邊，對她非常熟悉。
可是他們直到最近才開始頻繁聊天，聊過後才發現沙紀不同的面貌，還因此大開眼界。
就算可以隨心所欲地聊，她心中還是有幾分顧慮吧。自己居然完全沒想到這個層面，隼人覺得很丟臉。
沙紀卻溫柔一笑，下定決心般在胸前握緊拳頭，再次面向隼人。
「所以我會努力，讓自己以後可以跟哥哥無話不談。」
「！」
簡直像在對隼人下達戰帖。
隼人屏息盯著她看。
感覺心中的領域又被沙紀這個女孩入侵了一步。

能感受到強烈意志的那雙眼眸實在美得不可思議。

胸口緊緊揪在一塊，酥麻感伴隨著甜美毒液蔓延至全身上下。

他居然覺得這種感覺還不錯，是不是已經病入膏肓了？

隼人好不容易才點點頭回了聲「好」。

「沙紀，讓妳久等了！」

「啊，春希姊姊，謝謝妳。」

這時春希帶著瓶裝茶回來了。

看到沙紀氣色好轉，春希安心地吐了口氣，接著又盯著隼人的臉，眼神越來越冷淡。

「……隼人，你對沙紀做了什麼？」

「沒有啊。」

「是嗎……？哦……？」

春希嘴上這麼說，還是一臉懷疑地瞪著隼人，似乎不肯相信他。

隼人也知道自己露出了難以形容的表情，而且莫名不敢正視春希的臉，急忙將臉轉向一旁，結果春希把眼睛瞇得更細了。

沙紀輕聲笑道：

「我被哥哥唸了一頓啦，他叫我不舒服就要老實說，對吧？」

「是嗎？」

「……對啊。啊，差不多該跟他們聯絡會合了。」

隼人強行轉移話題，不想讓春希繼續說下去。

春希發出帶有幾分傻眼的嘆息。

「啊，又逃掉了。」

「少囉嗦。」

「呵呵呵。」

眾人會合後，神情嚴肅的姬子不停發出「唔唔唔」的低吟。

隼人他們看了看彼此，沙紀才上前關切：

「怎麼啦，小姬？」

「沙紀，是這個啦……」

「戳糖餅？馬、秋櫻、晴空塔……哇，妳做得很好耶！」

「嗯，所以覺得吃掉很可惜……」

「啊、啊哈哈……小姬……」

「惠麻學姊他們更厲害喔。」

「「「！」」」

說完，姬子用眼神示意他們看向伊織和惠麻。結果三人都忍不住瞪大雙眼倒抽口氣。

伊織手上的是姬路城。

惠麻手上的是艾菲爾鐵塔。

都是跟筆記本差不多大的特製尺寸，成果精巧又細緻，能感受到專家的堅持，簡直就像藝術品。原來如此，就算不是姬子，一般人看到這種成品也會猶豫該不該吃吧。

伊織跟惠麻滿臉通紅地舉拳相碰，像是在讚賞對方為作品積極奮鬥的精神。

「其實伊織跟伊佐美同學一動手，其他人就停下手邊動作看了起來，真的很精彩。」

「害我也想看看他們是怎麼做出來的。對了，一輝你沒玩嗎？」

「啊哈哈，有啊，但我好像沒有戳糖餅的天分，全都失敗了。」

「啊啊……」

說完，一輝輕輕舉起雙手表示投降。

彈力球撈得超爛的隼人也露出苦笑。

眾人閒聊期間，西方的天空也徹底被染成茜色，太陽應該馬上就會被夜晚吞噬吧。

離施放煙火還有一點時間。

原本熱鬧的攤販也越來越少，終於可以看見拜殿了。

社務所聚集了許多人，好幾位巫女正在接應前來參拜的人。

惠麻看了，用有些欣羨的口吻說：

「這種只在祭典日臨時招募的巫女打工很受歡迎，競爭很激烈呢～」

「對啊，我們班的女生也吵個沒完，很羨慕可以穿上非角色扮演的正式巫女服。」

「何止女生，應該沒有男生討厭巫女吧。是不是啊，隼人？」

「……別扯上我。」

忽然被伊織套話的隼人一臉為難地將視線移向沙紀。

被所有人盯著看的沙紀露出難以言喻的曖昧笑容。

「對喔，隼人早就對真正的巫女習以為常了。」

「沙紀都會穿著巫女服在村裡到處走，都快變成她的個人商標了。」

「啊、啊哈哈……那個，換衣服很麻煩嘛。」

「唔唔唔，身在福中不知福的傢伙！」

伊織顯得莫名不甘心，其他人也哈哈大笑。

這時，姬子皺起眉頭有些感慨地說：

「不過，看到沙紀以外的人穿巫女服，感覺怪怪的。」

「嗯，真的耶。」

「畢竟這場祭典熱鬧到得僱用打工人員嘛……如果我們家也能賺這麼多，修繕費……還有屋頂漏水的問題……」

沙紀忽然用手抵著下巴，唸唸有詞地陷入沉思。姬子也難得對她吐槽。

「沙、沙紀！喂～～我說沙紀～～！」

看到兩人的反應而忍不住輕笑的春希忽然發現一件事。

在社務所忙完的那些人沒有前往拜殿參拜，全都往同一處前進。

「嗯？那是……」

「是繪馬吧，不過還真熱鬧啊。」

「小姬好像有介紹過……數量真的很多耶……」

隼人疑惑地歪著頭，這時一輝面帶微笑看著伊織和惠麻補充：

「聽說對姻緣特別有效，所以很有名喔。許下同樣的心願就會實現。」

「姻緣……？」「！」「姻緣！」

聽了一輝的解釋，不只春希，姬子和沙紀也有所反應，現場瀰漫著莫名緊張的氣氛。

伊織和惠麻像在肯定這個說法，滿臉羞紅地將臉轉向一旁。姬子立刻「呀～～！」地大聲尖叫，卻馬上被沙紀罵：「不、不可以干涉別人的愛情啦！」

「姻緣！讓人好憧憬啊……對了，那個繪馬為什麼是兔子的形狀？沙紀知道嗎？」

「唔咦！呃，為什麼呢……」

「我記得兔子因為繁殖力很強，又跳來跳去的，所以有多子多孫跟飛黃騰達的寓意。嗯～～可能因為這間神社供奉的是素戔嗚尊、他的妻子櫛名田比賣和其雙親，還有孩子大己貴命這整個家族吧。」

「哦，小春很了解耶。」

「春希姊姊真厲害……」

姬子和沙紀難得對春希如此欽佩。後來聽她說了「遊戲跟漫畫裡有神話背景，所以我有查過啦！」這種可悲的理由，大家不禁乾笑。

「啊～～那個，總之，我們去寫繪馬吧。」

「那種繪馬我們也可以寫嗎？」

被伊織催促後，姫子皺著眉問道。
於是一輝補充解釋：
「沒有規定只有情侶才能寫喔。妳看，那群女孩子感覺也是想祈求良緣吧？不一定要求姻緣，寫上妳的心願也可以。」
「啊，原來如此。對喔，一輝學長之前也說過暫時不想談戀愛嘛！」
「嗯，沒錯沒錯。」
一輝聳聳肩表示肯定，氣氛也和緩許多。
因此他們決定跟風，在社務所買好繪馬後，各自拿著繪馬並拿取神社準備的筆。
「…………」
隼人手上的筆感覺格外沉重。
他開始思考繪馬要怎麼寫。
聽說這間神社求姻緣很有名後就會一直往那方面想，但他現在根本無法想像自己跟別人交往，一點頭緒也沒有。
說起身邊能聊上幾句的異性，就是春希、沙紀、未萌，還有姫子。
隼人一手拿著繪馬，皺著眉搖搖頭。

這時視野一角正好看見帶著小孩的家長，便忍不住「啊」了一聲。

心願。

想向神明祈求的事。

如今埋在隼人內心最深處，卻又讓他放心不下的事。

（……還是那個吧。）

雖然有種把問題往後延的感覺。

然而說到隼人的願望，還是只有這一個。

『希望媽媽平安出院』。

他將心願寄託在繪馬上，並將繪馬掛起來。

「好了……嗯？」

「！」

掛好繪馬後，隼人轉頭一看，發現姬子不知何時站在他身旁。

姬子將繪馬捧在胸口，神情有些陰鬱，跟剛才因姻緣話題而興奮無比的模樣大相逕庭。

「姬子？」

「哥……」

姬子輕輕抓著隼人的袖子，用充滿不安的眼神抬頭看著他。不知為何，隼人似乎又看見以前媽媽病倒時的「那個姬子」。

當她準備在繪馬寫下心願，寫下想跟自己心中的神明渴求的願望時，一定跟隼人(哥哥)一樣想起了媽媽吧。

因此隼人露出笑容要妹妹放心，再揉亂她的頭髮。

「等一下，哥！幹嘛突然這樣啦！」

「欸，只要許下同樣的心願，這個繪馬就會更加靈驗吧？所以姬子，這個願望一定會實現的，對不對？」

「…………啊。」

——因為兩人祈求的是同一件事。

隼人微微一笑，看向剛才掛好的繪馬。

姬子似乎也感受到隼人的心意，緊繃的表情放鬆許多。

「討厭啦，哥，頭髮都亂掉了。」

「好好好。」

姬子雖然嘟著嘴，口氣卻帶著幾分撒嬌，乖乖讓隼人亂揉頭髮。

◇◇◇

春希一手拿著筆僵在原地。

其他人都寫好繪馬了，只剩她一個人。

雖然聽說求姻緣很靈驗，她還是搞不懂。

春希盯著繪馬看，並質問自己的心。

心願。

想向神明祈求的事。

希望——

無論怎麼祈求、如何渴望，「以前的春希」連一個微小平凡的願望都沒有實現過。

這種事從很久以前就跟她無關了。

事到如今，她也沒抱任何希望。

所以她不知道要寫什麼。

她就是個空殼。

所以配合旁人的算計（演技）才會越來越高明。

此時，沙紀的面孔忽然掠過腦海。

帶著從小懷抱的戀慕，不惜追著隼人來到都市的那個女孩。

春希想起沙紀剛剛在洗手亭做出的宣言。

太過直率，太過耀眼，以至於她無法馬上介入兩人之間。

沙紀會在繪馬上寫下什麼願望呢？春希本想完全站在她的（透過計算）立場寫寫看——卻一陣愕然。

「奇、怪……」

她不知道。

沙紀的心情，讓她受盡煎熬、不惜追到這個伸手就能觸及之處的心意。

腦袋可以理解。

她知道沙紀一定會在繪馬上寫『希望能跟哥哥變得更親近』這種有些拘謹，卻可能實現的眼前目標。

但就算春希將手伸向自己的心展開算計，試圖重現沙紀的感情，卻像是被霧靄籠罩完全覆蓋住一樣，把手伸得再長也感受不到沙紀真正的熱度與色彩，所以春希只做得出這種模仿表面的行為。

緊揪的胸口疼痛不已。

自己的存在一定扭曲至極。

再繼續想下去只會越陷越深，於是春希搖搖頭將原先的思緒趕出腦海，並嘆了口氣。

接著她重新思考目前的狀況。

雖然充滿變化，但自從隼人轉學過來後，如今的每一天都變得非常開心。

所以要把這件事化為言語，就應該是這樣吧。

『希望還能跟大家一起來秋日祭典』。

◇◇◇

隼人和姬子一起回到眾人身邊。

以面紅耳赤的伊織和惠麻為中心，現場瀰漫著一股欲言又止的氣氛。

「喔，大家久等了～～！」

春希隔了一會也前來會合，這樣大家都到齊了。

隼人忽然和一輝對上視線。

一輝笑容滿面地看著他，彷彿在問：「你想求誰的良緣啊？」隼人就皺著眉搖頭，要他別多管閒事。

一輝遺憾地聳聳肩，並用手機確認時間後開口：

「離煙火施放時間還有一陣子，但人潮已經群聚起來了。這裡沒辦法坐，換地點也有點麻煩，怎麼辦呢？」

如一輝所言，看看四周，原本稀稀落落的拜殿前廣場人數也慢慢增加。但這裡是為了參拜者設置的場所，空間並不大。煙火本身似乎會在附近的運動公園施放，也有很多人為了就近觀賞前往公園。

其實在哪裡看都無所謂。其他人似乎也有同感，所以都一臉為難，遲遲無法決定。

這時姬子舉起手說：

「那個！我之前查過這個祭典，這張隔著鳥居拍到的煙火照片是不是從這裡看到的？」

「應該是吧。」

「那我想看這種感覺的煙火！也想拍照！」

「機會難得，來找個適合的地點吧。」

「好呀！」

一輝用徵詢意見的表情看著所有人的臉，但沒人反對，於是他習慣地走在前方引路，大家也跟在他後頭。

途中姬子問道：「啊，是不是該買點章魚燒或蘋果糖去看煙火？」讓大家笑了，只有一輝一臉震撼地說了聲：「什麼！」隼人被戳到笑點般笑個不停，姬子也鼓起臉頰表示抗議。

「討厭，一輝學長，你是什麼意思啦！我又不是要你請客，我會自己付錢～～」

「啊啊，妳誤會了。呃，我是怕妳吃太多……怕妳吃壞肚子啦。」

「沒事啦～～沒事沒事～～！這些會裝在另一個胃！」

「這、這樣啊。」

這時春希臉上浮現出莫名燦爛的微笑，在姬子耳邊低語：

「……減肥。」

「！小、小春……？」

「對了，小姬最近因為吃太多超商的秋季新甜點，對肚子的贅肉有點在意吧～～？」

「連、連沙紀都這樣！沒、沒關係啦，我最近有在控制，而且今天早午餐都沒吃耶！」

姬子立刻繃緊表情。

沙紀也進一步追擊後，姬子連身體都動彈不得了。

看來她也知道今天吃太多了。

對飲食有所節制的春希和沙紀表情十分從容，用無比疑惑的眼神看向姬子。

姬子發出「唔唔唔」的低吟，一輝就露出充滿慈愛與包容的微笑，用甜美嗓音輕聲說：

「沒關係，姬子，妳這陣子都在忍耐吧？那就把今天當成放縱日吧。」

「放縱……啊，我有聽過！」

「每週設定一天讓自己想吃就吃，不但可以釋放壓力，對減肥也很有效果。我姊也在用這種方式喔。」

「姊姊也是嗎！那今天就是我的放縱日！我要隨便亂吃！」

簡直就像惡魔的低語。

姬子眼中充滿光芒，彷彿拿到了免死金牌。一輝看了姬子的反應，笑容越來越燦爛。

看到妹妹還是一樣單純，隼人長嘆一口氣並插嘴：

「姬子，放縱日只對堅持減肥好幾個月的人才有效果喔。」

「！咦，不會吧……而且哥怎麼知道這種事？」

「妳之前不是吵著要減肥嗎？就是那時候查到的……小心被一輝笑喔。」

「一輝學長！」

「啊哈哈。」

姬子露出震驚的表情看向一輝。

一輝淘氣地閉起一隻眼，輕輕舉起雙手，就像惡作劇被揭穿似的。

發現自己上當後，姬子立刻氣得柳眉倒豎，不停捶打一輝表示抗議。

「討厭～連一輝學長都笑我！」

「啊哈哈，抱歉抱歉——」

「真是的，怎麼可以對女生開體重的玩——一輝學長？」

「…………」

直到剛才都笑得樂不可支的一輝忽然僵在原地，臉上的表情和血色也急速消失。

姬子頓時驚慌失措，以為是自己說錯話了。

隼人他們也對忽然動彈不得的一輝感到疑惑，往他雙眼直盯的方向看去，就看見同樣僵在原地的六個男孩子。

其中有個人先回過神，露出苛薄又鄙夷的笑容開口：

「哎喲，這不是叛徒海童嗎？身邊又有女人啦？」

氣氛頓時變得緊張。

那人如此嘲諷後，其他男孩子也跟著露出侮蔑的微笑，將一輝團團包圍。

「一、二、三……喂喂，這次是腳踏四條船啊？」

「還是一天到晚找女人作陪啊。」

「是不是用姊姊引誘她們上鉤的？」

「真羨慕你啊，家人是明星耶。」

「……！」

一輝低下頭握緊拳頭，指甲都刺進皮膚了。

一眼就能看出他們的態度充滿敵意。

隼人也眉頭緊蹙。他對其中兩人有印象，從記憶最深處翻找後，發現就是上次看電影時在家庭餐廳跑來找碴的那兩個人。

看來是一輝國中時代的同學。

雖然不知道一輝跟他們國中時有什麼恩怨，隼人也不想深究，但隱約想像得到。

他發現一輝現在在學校會特別留意盡量不跟女孩子獨處。

也知道一輝有其他傻呼呼的笨拙之處，不太會說話，從來不會貶低或傷害別人。他都知道。

總之待在這傢伙身邊很自在。

伊織跟惠麻鬧彆扭的時候，他不是還跟球隊請假來幫忙打工嗎？

所以看到一輝這個朋友被當成沙包單方面惡意霸凌——

讓隼人——

覺得——

特別不爽。

「一輝，別管他們了，趕快去找場地吧。」

「隼、隼人！」「「「「「！」」」」」

不知不覺，身體擅自動了起來。

一輝嚇了一跳，隼人毫不在乎地抓起他的手，直接從正面把圍在旁邊的那些人擠開，完全不把他們放在眼裡。

那些人頓時啞口無言，回過神後立刻抓住隼人的肩膀。

「喂，你是怎樣？」

「沒看到我們在跟海童講話嗎！」

「講話？我只聽見喪家犬在亂吠耶。」

「什麼！」

隼人把他的手拿開，滿臉嫌棄地用手驅趕。

那個人瞬間無話可說，但面對隼人的挑釁，他先是要轉換念頭般故意用誇張的動作「呼～」地嘆了口氣，再用鼻子哼了聲。

「也是啦，先不論海童的性格，畢竟他長得很帥，女孩子都會主動貼過來，所以像你這種想撿他剩下的女人來玩的人也會靠過來嘛，是不是？」

「原來如此，你是這種人啊，那也把我當成這種人吧。」

「唔！好啊，小心別讓自己看上的女人被搶走喔。」

「感謝你提供過來人的忠告。雖然有點離題，我就先謹記在心吧。就這樣？」

「～～！」

隼人用無聊至極的表情和語氣回嘴後，他們也漸漸皺起臉，根本無法反駁。

他跟一輝不是因為女人才玩在一起，所以就算被說得這麼難聽，他心裡也毫無波瀾。他傻眼地嘆了口氣，惹得那些人更加惱火。

這時他們似乎覺得在隼人面前情勢不利，就將目標轉移到隼人和一輝身後的春希她們身上。

「啊，喂！」

隼人出聲制止，但他們置若罔聞。

那些人用混雜了侮蔑、憐憫和色慾的視線打量她們全身上下，用讓人生理產生排斥的噁心眼神掃過一輪。姬子嚇得繃緊全身；沙紀也驚慌地扭動身子；春希露出嫌棄的表情；伊織則挺身擋住惠麻。

那些人卻不肯罷休。

「欸，乾脆來我們這裡玩嘛。」

「對啊對啊，我們請客喔。」

「反正海童也沒把妳們放在眼裡。」

「啊，我知道一個比這裡更讚的煙火景點喔。」

「不錯耶！好，就這麼決定！」

「！」「聽不懂人話啊！」

那個人無視隼人的叫喊，將手伸向嚇傻在原地的沙紀。但姬子馬上挺身保護沙紀，揮開那個人的手，氣得挑起眉大喊：

「不、不准騷擾沙紀！而且你們從剛才就一直扯到他的長相跟姊姊，真是無聊死了！到頭來，你們就是在嫉妒一輝學長嘛！」

姬子直言不諱的說法讓那些人怒火中燒，滿臉通紅。

「唔！這個臭婆娘！」

「誰、誰嫉妒海童啊！」

「反正妳也會對海童扭腰擺臀吧！」

「臭婊子還裝清高！」

他們緊緊握住被姬子揮開的手，氣得渾身發抖，就算再次對姬子施暴也不奇怪。姬子裝出堅毅的表情，但被厲聲喝斥時還是嚇了一跳。

「！」

感受到姬子的恐懼後，他們露出下流的笑容。

「怎麼，只有聲音大，身體還是抖個不停嘛。」

隼人實在看不下去，正準備硬闖上去時，一輝抓住他的肩膀制止。

「等等，隼人。」

「！……一輝？」

隼人用抗議的眼神看向一輝，質問他為何阻止自己，一輝卻露出異常嚴肅的神情搖頭。

彷彿在說「這裡交給我」，或是「這件事我絕不讓步」。
接著他用充滿穿透力的聲音大喊：
「到此為止吧，橘！」
「！幹嘛啊，海、童……」
一輝又露出一如往常的微笑，但隼人從未見過他這個表情。
一股寒意竄過隼人的背脊。這種異常的表情完全不像一輝。
那些人似乎也警覺到了，忍不住畏縮。但或許還是想逞強，他們狠狠瞪向一輝。
「可以聽我說一句嗎？」
「……啥？」
「不管你們怎麼說我，我都不在乎。只有我的話啦。」
然而一輝並沒有被他們嚇倒。
而是逐步逼近後退一步的那些人，露出更駭人的笑容——

「不准瞧不起我的朋友——還有重要的人——！」

唯獨這件事，他絕對不會讓給隼人。

一輝發出氣勢凶猛的怒吼，一拳揍向那個人的臉。

喀！——現場響起骨頭和骨頭碰撞的悶聲。

所有人都被一輝的行動嚇住了。

只有挨揍的那個人氣得立刻猛揍回去。

「王八蛋，你揍屁啊！」

「這是我的台詞！」

「唔……少得意忘形！」

一輝的側臉被狠狠揍了一拳，但他毫不畏懼地抓起那個人的領口，用頭撞了回去。

「我早就想問了！我到底是哪裡背叛你啊！既然那麼喜歡高倉學姊，你就該更積極找她說話啊！」

「！你這種身在福中不知福的傢伙根本不懂！」

「我是不懂啊！誰知道把被甩的原因歸咎在我身上的人在想什麼啊！」

「～～～！開什麼玩笑！」

「你才別瞧不起我！」

兩人對彼此破口大罵，扭打成一團。

除了那個人，情緒激動的一輝又將矛頭轉向另外五人痛罵：

「我搶了你們的女人？我腳踏好幾條船？你們知道我當時是用什麼心情在否認嗎！啊啊，跟你們這些嫉妒心強的傢伙劃清界線以後，感覺真痛快啊，一群廢物！」

「！少囉嗦！」

「給我閉嘴！」

「區區海童還敢囂張！」

「唔咕！」

一輝出言挑釁後，立刻被那些勃然大怒的人撞飛，難看地摔在地上咳個不停，可能是胸口受到強烈撞擊了。

（──那個笨蛋在搞什麼！）

隼人也忍不住暗自咒罵。說那種話當然會落得這種下場，他不可能不知道吧。

但這時一輝猛地抬起頭。都什麼時候了，他還露出那種爽朗的笑容──隼人回過神才發現自己衝出去了。

「一輝！」

「隼人？」

「！」「你要幹嘛！」

隼人用力撞倒原本要繼續對一輝猛踹的人，像要保護一輝似的擋在他前方。

那些人凶狠銳利的目光自然也刺在隼人身上。

隼人這輩子第一次被人用充滿明確惡意的眼神瞪。

他背脊一涼，咬緊牙關踏穩腳步才壓住想往後退的衝動。

現在只要後退一步，他就再也沒辦法坦蕩蕩地站在一輝這個朋友身邊了。他到死都不會原諒這樣的自己。

（──！）

腦海中忽然閃過春希的臉孔。

想起遭受母親、祖父母和旁人的惡意，卻還是戴上笑容面具的春希後，他明白了某些道理。

所以隼人笑了。

他露出一輝剛才那種凶狠的笑容，用鼻子哼了聲──對這種想法一笑置之。

那些人似乎以為隼人這種態度是在嘲笑他們，於是想跟剛才撞倒一輝時一樣衝上來──

「渾蛋，你笑什麼——」

「嘿！」

「唔！」「伊織！」「伊織！」

從旁邊竄出來的伊織抓住他們伸過來的手，用力往上扭。

隼人和一輝都嚇了一跳。

那些充滿敵意的視線自然也落在伊織身上。

伊織卻像平常那樣一笑置之，大聲咆哮：

「喂，一輝、隼人，這麼好玩的事情應該讓我參一腳吧，我們不是朋友嗎？」

「伊織……噗！」

「哈、哈哈……啊哈哈哈哈哈哈哈哈！」

隼人和一輝都忍不住噴笑出聲。

不知道他們到底在幹什麼。

如今寡不敵眾，說穿了根本沒有打架經驗，搞不好打不過對方。

儘管如此，他們還是覺得眼下的狀況莫名好笑。

「啥！」

「嘖，笑什麼！」

「有夠煩人……」

看了隼人他們的反應，那些人終於壓不住怒火了。

他們想找機會衝上去猛揍一頓。

現場瀰漫著劍拔弩張的氣氛。

隼人早已暗自下定決心。

但他心中仍有疑慮，千萬不能把沙紀、姬子和惠麻她們牽扯進來。

所以他用眼神向春希示意，要她想辦法帶女孩們逃離現場。春希也點點頭。

然而春希卻將手伸向自己身上的浴衣和腰帶——

「呀～～～～！救、救命、救命啊……我要被這些人侵犯了～～～～！」

「「「「「！」」」」」

她發出淒厲的慘叫聲，無助地抱在隼人身上。

春希平常那種凜然悅耳的嗓音就已經夠大聲了，加上哭喊聲更是離譜。

而且現在春希身上的浴衣鬆垮垮的，肩膀裸露在外，腰帶也被解開一半，完全就是在被侵犯的前一秒逃出魔爪的模樣。

此舉吸引了眾人的目光。

接著春希又火上加油地指著那些人大喊：

「那、那群人忽然就罵我是臭婊子，還說要陪我玩玩……嗚……嗚嗚……！」

原本不想捲入紛爭，只敢遠觀的群眾也終於發現不太尋常，開始躁動起來。

「喂，你看那個女生……」

「好過分……是集體侵犯嗎……？」

「這麼說來，他們剛剛的確有說水性楊花、臭婊子、玩玩這種話……」

「身為人類要分清楚哪些事該做，哪些事不該做吧……」

「我、我去叫警衛過來！」

春希的演技相當逼真。

她已經完美營造出不管怎麼看都像是她被那些人侵犯，再找隼人他們求助的假象。

春希本人將臉埋在隼人胸前，卻閉上一隻眼睛、吐出舌頭，露出計畫得逞的表情，嘴角勾起壞笑。

「不對，沒、沒這回事！」

「是那個女人隨便亂講的！」

那些人拚命向周遭群眾解釋，反而更讓群眾把他們當成罪犯看了。

沙紀和姬子站在稍遠的地方，一個嚇得差點哭出來，一個完全動彈不得。

這讓春希的演技又多了幾分真實性，也突顯出那群人的凶狠。

那群人似乎也明白目前狀況有多糟糕，臉色立刻變得鐵青。

不久後又傳來「怎麼回事！」這個疑似警衛的聲音，那些人立刻往雜木林的方向四散奔逃。

「少、少自以為是！」

「可惡，給我走著瞧！」

目送他們的背影離去後，春希恢復嚴肅的表情嘀咕：

「居然真的有人會撂那種丟臉的狠話耶……」

「「「……噗！」」」

隼人他們看了看彼此，忍不住放聲大笑。

尾聲

開始施放煙火了。

但一輝在社務所附近的洗手亭找了地方坐著，用濕手帕冰敷紅腫的臉頰，還被姬子大罵特罵。

「一輝學長，你幹嘛忽然那樣啊！嚇我一跳，你看臉頰都紅成這樣了！」

「啊哈哈，嘴巴裡也傷得滿重的，明天開始可能要被口腔潰瘍折磨一陣子了。」

「這又不好笑！」

被雙手扠腰，氣得鼓起雙頰的朋友妹妹（姬子）低著頭瘋狂說教的畫面，一定很沒用又可笑吧。

但一輝的心情豁然開朗，被罵了還是忍不住笑。

他瞄了隼人一眼。

隼人也跟一輝一樣，正在被沙紀痛罵。

「嚇死我了！居然不顧一切就衝上去打架……害我看得提心吊膽！」

「呃，那是因為，該說是身體自己動起來了，還是……」

「如果連哥哥都受傷要怎麼辦，真是的～～」

「那個，啊～～……對不起。」

看到那種挑釁的言行舉止就跟對方起衝突，隼人的行為確實不值得嘉許。隼人應該也有自覺，只見他消沉地縮起肩膀。

跟著一輝的視線看向哥哥的姬子也說：「受不了，哥也好不到哪裡去。」傻眼地嘆了口氣。

但一輝有話想對隼人說，於是有些害羞地開口：

「可是看到隼人來幫忙，我很開心，嗯，真的很開心。呃，雖然覺得你很蠢就是了。」

「……不好意思喔，我就是蠢。」

「哈哈，但實際揮拳揍人的我才是最蠢的啦。」

「我完全沒想到你會做這種事。」

「啊哈哈，很不可思議吧，身體不由自主就動起來了，像是反射動作……啊啊，原來如此──」

這時一輝忽然察覺到某件事，說到一半停了下來。

他的表情變得十分嚴肅，依次望向隼人、姬子、沙紀，還有在社務所說明騷動原委的春希、伊織和惠麻後，大聲說出自己的心裡話：

「啊啊，我一定比自己想像中還要喜歡隼人跟姬子你們吧。」

「一、一輝！」「一輝學長！」「哇、啊哇哇！」

連一輝自己都覺得這話說得太直接了，羞恥隔了幾秒才湧上心頭，臉頰也變燙了。

隼人和姬子嚇得說不出話，沙紀也驚慌失措地來回看著一輝和霧島兄妹。

總之，心情輕鬆多了。

過去淤積在內心深處搖擺不定的情緒徹底消失，彷彿脫胎換骨。

「跟他們之間的恩怨，讓我一直以來都跟其他人保持距離，害怕信任他人。但看到剛剛的隼人，我才終於確定——啊啊，這才是真正的朋友，我已經得救了……」

「喔、喔……」

一輝知道自己說的這些話很羞恥，隼人聽完也面紅耳赤，不知該如何反應。

但一輝真的很想將這份心情化作言語傳達給隼人。

心裡的想法一定要說出口，對方才能理解——不是才剛從伊織和惠麻身上學會這個道理嗎？

沒錯，也得向另一個人好好表達心意才行。

一輝神情有些緊張地站起身，頂著紅得不可思議的腫脹臉頰，將手伸向姬子，用前所未有的認真口吻說：

「我設想過很多跟女孩子相處的模式，但姬子不一樣。妳總是用一如往常的態度跟我相處，今天也沒有提姊姊的事，真心地看待我……仔細想想，妳也帶給我不少救贖，所以！」

「咦？啊、嗯？」

「我也想跟姬子當朋友。不是朋友的妹妹和哥哥的朋友，而是真正的朋友……！」

「～～～！」

一輝藉著現場氣氛，將埋在心底許久的這些話順勢說出口。

但對姬子來說有些突然，讓她整張臉紅得彷彿要從頭頂冒出蒸氣，嘴裡唸著「咦……」

「啊唔！」這些話，覺得頭昏眼花。隼人跟沙紀也不追多讓。

一輝伸出的手還停在半空中。

或許造成姬子的困擾了——一輝這麼想，頓時稍微皺起臉，但他還是往前踏出一步。

「姬子——」

「一、一輝學長！」

「是、是！」

「這種事用不著特別說出來吧，我早就已經……欸，你的手臂是怎麼回事！」

姬子用力把手伸向一輝並握住他的手，卻看到他的袖口處露出有些嚴重的擦傷，立刻放聲大喊。

一輝似乎現在才發現這件事，事不關己地說：

「啊，是不是被撞到地上的時候弄傷的啊？」

「你還問！唉，真是的，這沒辦法用ＯＫ繃處理啦！哥、沙紀，跟我去超商！」

「咦？喔。」「哇、哇，等等我～～」

「……啊。」

說完姬子立刻轉身，抓著隼人和沙紀的手拔腿就跑。

這時正好跟從社務所回來的春希碰個正著。姬子在擦身而過的同時快速地對春希說：

「小春，一輝學長就拜託妳了！」

「……小姬？」

丟下這句話後，姬子他們就把滿臉疑惑的春希和一輝留在原地走掉了。

因為被春希賞了一記白眼，一輝像平常那樣聳了聳肩。

「咦，怎麼只剩妳一個人？伊織跟伊佐美同學呢？」

「他們還在社務所說明剛剛那件事，應該說是在找藉口搪塞。我把亂糟糟的浴衣整理好之後，中途插嘴也不太妥當，所以就回來了，畢竟我不想把事情鬧大。」

「這樣啊。」

「……所以你對小姬做了什麼？」

「只是請她跟我當朋友。」

「就像你之前對隼人說的那樣？」

「對啊。」

一輝不懂春希這話的意思，不禁愣在原地，不明白這麼做有何問題。

春希看了一輝的表情，傻眼至極地長嘆一口氣。

「我從以前就這麼想了，海童，你真的很蠢耶。」

「我也被自己嚇了一跳。」

「長相倒是變得很有男子氣概。」

「啊哈哈，可能還會腫一陣子吧？」

「……我還以為你會用更安全的方式處理這種狀況。」

「是啊，過去的我應該會這樣吧，可是……」

「可是？」

「看到那些人瞧不起隼人他們，還想騷擾姬子她們，我腦袋就……變得一片空白……」

「哦……海童？」

一輝邊說邊回想當時的情況，卻對某件事耿耿於懷，不知為何語尾越來越小聲。

疑惑的春希盯著他的臉看。

一輝瞪大雙眼看著自己的右手，像要確認自心底萌芽的那份情感般低喃：

「——是那些人要對姬子出手的時候。」

「咦？」

「姬子要被他們玷汙了，我不想讓他們碰姬子一根寒毛，無法原諒……這些情緒忽然衝上心頭，占據了整個大腦……」

當時一看到姬子對那些人露出恐懼的表情，心中的某種情緒頓時爆發，一發不可收拾。

霧島姬子。

不知不覺間，他經常跟這個女孩子玩在一起。

電影院、水上樂園、放學後的打工地點。

到處逛街購物，還有今天的秋日祭典。

她性格開朗，喜歡追流行，總是對旁人笑口常開。

而且永遠不會用有色眼光看待一輝。

今天她還說「姊姊是姊姊，一輝是一輝」，讓自己心中殘留的些許不安一掃而空。

像太陽一樣活潑的姬子很適合耀眼的笑容，所以當她不經意露出其他表情時，便深深烙印在一輝腦海中揮之不去。

不管是在水上樂園說她喜歡過某個人的時候。

還是坦承心裡藏著祕密不敢告訴哥哥和朋友的時候。

時時刻刻都掛在臉上的笑容背後一定隱藏著巨大的苦惱吧。

跟一輝一樣，或者更甚。

所以一輝更不想讓她露出那種表情。

這時，他忽然想起剛才請求姬子跟自己做朋友，姬子抓住他伸出的手時自己有多麼開心——胸口便隱隱作痛，陣陣發疼。他用剛剛盯著看的那隻手將浴衣抓出皺褶，發出「唔唔」的低吟聲，眉頭也皺了起來。

「喂，海童，傷口還很痛嗎！」

「不是傷口，但真的很痛。是我的……胸口，啊啊，原來如此——」

「咦，什麼意思……」

心跳快得不可理喻。

為了確認從心底萌生的這份感情，一輝試著在心中的天秤放上各種東西。

可以真心信任的朋友的妹妹。

剛對她提出交友請求的女孩子。

她心裡還有其他心儀的對象。

然而不管怎麼放，都無法和這份持續升溫的感情達成平衡。

一輝漸漸皺起臉。

他看見春希憂心忡忡地盯著自己，可見他的臉色有多難看。

這時剛好有一輪煙火升上高空。

在夜空中綻放的煙火照亮了一輝的臉，看起來應該像下一秒就要哭出來的迷路小孩吧。

過去嘗過的苦痛。

害怕好不容易變穩定的現況產生變化。

儘管如此，他還是必須正視這份感情——於是化作實際言語脫口而出。

「這是我這輩子，第一次真心喜歡上某個人……」

◇◇◇

「——咦？」

春希瞪大雙眼發出喘息般的聲音，似乎難以置信。

這句話出乎她的意料。

但也是決定性的一句話。

一輝這句話變成燎原之火，燒灼著春希的心。

春希屏住呼吸，腳底有些不穩，急速的心跳也難以平息。

因為一輝的樣子不太對勁，春希想探探他的心思，所以完全能明白他的心境轉變。

他的情感流露讓春希也焦急起來。只有貨真價實的心意才會釋放出這股高熱。

而春希也本能理解到這就是剛才試圖模擬沙紀的心思，卻隔著一面牆怎麼也搆不著的那種心情。

——這份情感太過洶湧。

春希下意識抓住越揪越緊的胸口。

一輝似乎也不太相信自己居然說了這種話。

心中的動搖讓他的手不停顫抖，還對春希投以求助的眼神。

春希也不知道如何接下這份情緒。

因為她以為一輝跟自己都是會迎合對方的那種人，所以更加迷惘。

「為什——」

「一輝學長～我買藥回來了～～！」

春希正想拋出疑問時，姬子他們就小跑步回來了。

一輝因為心生動搖而渾身一顫，目光也四處游移。

姬子卻對一輝的反應毫不在乎，只覺得該優先處理傷口，於是將一輝的手抓過來。

「我還買了消毒藥水，把傷口露出來。」

「！啊、那個，呃，姬子，我自己也能處理啦。」

「哎喲，又說這種話！你傷的是慣用手吧？自己哪能好好處理啊！少廢話，過來！」

「可是，呃……啊。」

「啊。」

兩人爭著處理傷口，結果一輝不小心把姬子手上的藥水弄掉了。

一輝滿臉尷尬。

姬子氣得鼓起雙頰，把掉在地上的藥水撿起來。

一輝的理智顯然被感情攪得一塌糊塗，情緒相當不穩。

這也難怪，被那種熊熊烈火灼燒卻要保持鎮定，未免太難了。

或許該慶幸天色昏暗，其他人才沒發現自己露出這種表情。

「真是的！不要再耍帥了，乖乖讓我包紮傷口！」

「……遵命。」

看到一輝垂頭喪氣地任憑姬子擺布，隼人不禁笑了。感覺像在極力掩飾自己的難堪，樣子十分滑稽。

「這樣太沒面子了吧，一輝。」

「……哈哈，真的耶。」

「好，處理完畢！啊，又在放煙火了耶！」

「大家久等了～」

「喔，抱歉，多花了點時間。」

「惠麻學姊跟男朋友！開始放煙火了，我們趕快去看吧！」

這時惠麻和伊織從社務所回來了。在姬子的催促下，除了他們倆以外，隼人和沙紀也開始移動。

「啊，等一下，姬子！」

包紮完成後，一輝愣了一會才追上把注意力轉向煙火的姬子等人。

「這、這條手帕被我的血弄髒了，我洗完再還給妳……」

「嗯？沒關係啦，這點小事我不在意。」

「我、我會在意啊！」

「既然你都這麼說了……」

說完，一輝有些強硬地從姬子手上接過包紮時用的手帕，看得出有別於平常的慌亂。

結果春希比他還著急，擔心姬子會對他起疑。

「春希？」

「！呃，什麼？怎麼了嗎？」

這時隼人忽然喊了她一聲，害她表情和身體都緊繃起來，心臟跳得更快了。

隼人一臉狐疑地看著反應過度的春希。

「還問我怎麼了……妳不過去嗎？」

「我、我馬上過去！」

「啊，喂！」

不知為何，她不敢正視隼人的臉，急忙追上走在前面的其他人。

在眼前升上高空的煙火將周遭群眾的臉龐染成各種不同的顏色。

夜空中連續響起的爆破音，就像春希快要撐破的心臟。

被一輝那股熊熊烈火的熱度波及後，春希的心跳依舊快得難以平息。

就像下意識封印在心底的某種情緒被揭發了。

這種感情是——

她忽然和一輝對上視線。

一輝露出有些害羞又為難的笑容，不知為何看起來耀眼無比，跟沙紀一模一樣。

春希頓時皺起臉。

她體會到凡事都會改變。

也明白有些願望不管如何祈求都無法實現。

儘管如此，她還是把一輝當成同類。

可是心中也湧現出強烈的疑惑。

當時在一輝的腦海中肯定閃過了無數種想法吧。

剛剛還做出有別於平常風格的舉動。

但一輝還是遵從這股燒灼全身的火焰（感情），選擇讓心中的天秤往決定性的方向傾斜。

——哪怕再也不能用同樣的態度面對對方，依然義無反顧。

後記

我是雲雀湯！正確來說，是某個城市的大眾澡堂「雲雀湯」的店貓！喵～～！

這是第六次在這裡跟大家見面，已經超過一隻手可以數完的次數了，讓我感觸良多！不知不覺，我這兩年半都以作者身分在創作《轉美》呢，沒想到已經過了這麼長的時間，讓我非常驚訝。

但故事還在進行中，希望我往後也能繃緊神經，寫出讓大家覺得精彩的劇情！

那麼，各位覺得這次的劇情如何呢？本集的進展是以一輝為中心，對整體劇情來說是個巨大的轉捩點。

而且這集尾聲有個我一直很想寫的場景。我懷著滿腔熱血想寫出這一幕，卻完全陷入苦戰，不管怎麼寫都抓不到感覺。反覆琢磨了將近一個月，寫了好幾種版本給責編審核，但一直覺得不太對。

最後聽了責編的意見和建議，我靈機一動，交出了十分滿意又符合轉美風格的成果！真是讓我甘拜下風！

下一集會有文化祭這種校園劇的經典活動，劇情也會有大幅度的進展。我想讓最近戲分變少的那個人成為焦點。此外，有幾個場景我很想寫出來，也有幾個精心設計的伏筆，希望這些都能讓讀者們看得開心。

換個話題，因為我居住的縣市不靠海，對新鮮的海產非常嚮往。

再加上我想出趟遠門，於是開車三個小時，來到和歌山縣有田市的某個漁港大鎮！

我的目標是剛開幕的漁協直營餐廳。用「公路休息站」這種感覺來形容，大家應該就懂了吧？在那邊吃到的海鮮蓋飯真的好好吃！

因為太好吃了，我又去了一次。二訪時我點了吻仔魚蓋飯，吻仔魚的分量多得不可思議，會讓人不小心笑出來。我的心已經徹底被這間餐廳虜獲了。

聽說餐廳還會定期舉辦鮪魚解體表演，所以我計劃下次要去好好欣賞，順便來一碗豪華鮪魚蓋飯（笑）。

來說說我家養的那隻貓吧。

各位知道簡稱FIP的貓傳染性腹膜炎嗎？我家的貓得了這種病。主要會在幼貓時期發病，而且發病速度極快，致死率將近百分之百。目前還沒有確切療法，唯一的希望是國外剛研發出來但日本尚未認可的藥物。

這件事把我搞得人仰馬翻。這種藥當然不在寵物保險的理賠範圍內，雖然價格昂貴，燒掉我大筆存款，但性命是無可取代的。經過將近三個月的投藥，目前仍以緩解症狀為目標繼續觀察中。牠已經能到處活蹦亂跳，應該可以暫時放心了吧？

篇幅也所剩不多了。

大山樹奈老師繪製的漫畫版已經出到第二集，也請大家多多支持！

最後要感謝K責編不斷陪我商量並提出建議，尤其這次真的受了您不少幫助！負責插畫的シソ老師，謝謝您提供精美的插畫。我也要對支持我的所有人，以及讀到這裡的每位讀者獻上由衷的感激。希望往後也能繼續得到你們的支持。

而且粉絲信也是我創作的動力來源。

程度可能遠遠超乎來信者的想像。

所以大家可以不用顧慮太多，隨便寫隨便寄吧。
不知道粉絲信要寫什麼嗎？只寫一句「喵～」也沒關係喔！
喵～！

令和4年 12月 雲雀湯

【好消息】我的不起眼未婚妻在家有夠可愛。 1~6 待續

Kadokawa Fantastic Novels

作者：氷高悠　插畫：たん旦

遊一與結花兩人為了各自的目標，
終於都做出了重大的決定！

我要去拜訪結花的老家，向她的雙親請安！然而，岳父揭露了令我意想不到的「真相」與「課題」。為了通過這些考驗，我終於要面對國中時代的黑歷史，與來夢重逢。而結花為了和班上同學培養感情，決定向大家坦白她與我的關係，以及「另一個她」？

各 **NT$200~230/HK$67~77**

一房兩廳三人行 1～4（完）

Kadokawa Fantastic Novels

作者：福山陽士　插畫：シソ

「暑假結束前，可以待在你身邊嗎？」
人氣沸騰的居家喜劇在此完結。

27歲上班族與兩名女高中生共度一個夏天的故事迎來高潮。始於未曾料想的契機，三人一同生活至今。各自的夢想、希望、遺憾與淡淡情愫膨脹到一房兩廳已經裝不下，帶來了振翅飛向未來的勇氣。每個人的決定、故事的結尾將會如何？

各 **NT$200~220/HK$67~73**

國家圖書館出版品預行編目資料

轉學後班上的清純可愛美少女，竟是小時候玩在一起的哥兒們 / 雲雀湯作；林孟潔譯. -- 初版. -- 臺北市：臺灣角川股份有限公司，2023.08-
冊；　公分. -- (Kadokawa fantastic novels)
譯自：転校先の清楚可憐な美少女が、昔男子と思って一緒に遊んだ幼馴染だった件
ISBN 978-626-352-813-0(第6冊：平裝)

861.57　　112009566

Kadokawa
Fantastic
Novels

轉學後班上的清純可愛美少女，竟是小時候玩在一起的哥兒們 6

（原著名：転校先の清楚可憐な美少女が、昔男子と思って一緒に遊んだ幼馴染だった件 6）

2023年8月16日　初版第1刷發行

作　　者：雲雀湯
插　　畫：シソ
譯　　者：林孟潔

發 行 人：岩崎剛人
總 編 輯：蔡佩芬
編　　輯：孫千棻
美術設計：李思穎
印　　務：李明修（主任）、張加恩（主任）、張凱棋

發 行 所：台灣角川股份有限公司
地　　址：104台北市中山區松江路223號3樓
電　　話：（02）2515-3000
傳　　真：（02）2515-0033
網　　址：www.kadokawa.com.tw
劃撥帳戶：台灣角川股份有限公司
劃撥帳號：19487412
法律顧問：有澤法律事務所
製　　版：巨茂科技印刷有限公司
ＩＳＢＮ：978-626-352-813-0